U0815304

TopBook
饕书客

一个人，遇见一本书

中國精怪故事集 叁

【太平广记】【酉阳杂俎】【子不语】

【夜雨秋灯录】【耳食录】【列异传】

鲜活还原隐藏于古老典籍中的人、神、鬼、怪

他们的故事，承载着的是人世间的七情六欲、真善美丑

万物有灵性，众生皆平等

郭冰鑫 著

陕西新华出版传媒集团
陕西人民出版社

TopBook
璧书客

图书在版编目（CIP）数据

中国精怪故事集．Ⅲ／郭冰鑫著．—西安：陕西人民出版社，2021.6

ISBN 978-7-224-14129-0

Ⅰ.①中… Ⅱ.①郭… Ⅲ.①故事—作品集—中国
Ⅳ.①I247.81

中国版本图书馆 CIP 数据核字(2021)第 078681 号

出 品 人：宋亚萍
总 策 划：刘景巍
出版统筹：关　宁　韩　琳
策划编辑：王　倩　王　凌
责任编辑：晏　藜　武晓雨
整体设计：苏　潼　哲　峰
封面绘图：苏　潼
内文插图：李双辰

中国精怪故事集．Ⅲ

作　　者　郭冰鑫
出版发行　陕西新华出版传媒集团　陕西人民出版社
（西安市北大街 147 号　邮编：710003）
印　　刷　陕西隆昌印刷有限公司
开　　本　787mm×1092mm　16 开
印　　张　14.75
字　　数　180 千字
版　　次　2021 年 6 月第 1 版
印　　次　2021 年 12 月第 2 次印刷
书　　号　ISBN 978-7-224-14129-0
定　　价　56.00 元

序言

不知有多少读者同我一样，对中国古代志怪故事里那些精怪狐鬼，总不自觉释放出一点偏爱。细想情由，该因故事所承载的不是别的，而是历史河流中的普通人，于亦庄亦谐的生死边界上，深一脚，浅一脚，隐约踏就的来路。

在那些或口口相传、或文人草录的精怪故事中，我们能看到的不只是人面对鬼怪时，心生的恐惧，错位的爱恋，或因果的报复，而是更细处，也更微妙的那些东西，即古人同今人一样，有着活着或死了，都过不去的坎儿。他们无论是人是鬼，是狐是怪，都同今天的我们一样，有弱点，有愚莽，有乐善，有悲悯，也有为了生存下去耍出的聪明手段。

本故事集接续同系列的两本前作，在《列异传》《广异记》《太平广记》《酉阳杂俎》《夜雨秋灯录》《履园丛话》《子不语》《谐铎》《梦厂杂著》《耳食录》等古籍中寻出三十六篇精怪故事。与前作稍有不同的是，这三十六篇故事皆是以古人所著志怪故事为底本，稍加点染的“故事新编”。新编的目的，并非向读者呈现古故事的现代结果，而是一种理解过程的如实展现。这种理解是开放且流动的，故事的底本沉在底部，吸引代代阅读者的前往与静观，体味和波动。

安古拉·卡特在为《悍妇精怪故事集》作的引言中写道：“我尽量

避免那些明显被采集者‘改良’或者‘文学化’了的故事，而且不管有多大诱惑，我自己都没改写过任何内容。”她所做的工作的确是讲述民间故事的典范，但回到我们这本故事集的工作中来，由于我面对的材料便是文人“改良”过的，“文学化”了的故事，所以我乐意把工作的着力点放在还原和拆解上。这不是说，我要去追溯一个故事或一种精怪形象的历史流变，还原出故事最初的面貌，而是要把故事本身内置的，生活的逻辑，用粗线笔还原出来，把那些隐藏在文本缝隙里的人、鬼、怪的心声，用对话、情节、场景和偶有添置的新角色，摹画在读者眼前。

起初，面对古人已写就的故事，我有一种想当然的野心，即在译出古文的同时，写出某种当代性。但实际阅读并开始写作的时候，我发现这种野心毫无必要，因为中国精怪故事得以流传的实质，即它们本就是日常人生的纵深，并不依托于历时的演进。精怪故事不需要被赋予什么当代性，只要用当代人看得懂的话尽力还原出故事中的弯弯绕绕，它便永远是鲜亮的。

比如《马妇奔脱》一篇，故事本自唐人柳祥的《潇湘录》，故事线条非常简单。刺史张全的骏马忽有一天化作奇美妇人，并向众人讲述自己因喜爱骏马，忽由人化马，奔驰千里，又因后悔沦为畜，由马化人的经历。张全听闻此事非常惊讶，便将妇人养在家中。十多年后，妇人想要还乡，张全却不允，妇人忽仰天嘶鸣，重又化作骏马，奔突而出，不知所踪。

这样一则故事，若平实译出，读者必然也能在故事中获取惊奇，但惊奇之外，文字后面又有太多强烈冲撞的东西，引起了我的注意。于是在落笔的时候，我又数次停笔，震撼于这位燕地妇人由人化马、由马化人、后又化马的种种强烈欲念，她对外部自由的渴望尽管能冲破物理空间，甚至人畜之别，却总在变化完成后经历反复，于更大的不自在里，追悔莫及，后又再次出走。而这最后的出走给出的，不是更有希望的开放局面，恰是一个我们日常都会面对的闭环。

为了在故事层面廓清这个闭环，我于故事的主线条之外增加了一个不起眼的角色宋马倌。故事结尾，被张全遣走的宋马倌已经是一名成熟的马贩，他听闻马妇奔脱，即刻翻身上马，奔入山野，想的是寻到这匹难得骏马，以卖个绝好价钱。所以在由人到畜，由畜到人的形态转化里，这位燕地妇人每一次改换的勇气都不足以挣脱更大的外部围困。我敬服于马化妇人“非常”的一面，可又不断怀疑她的“非常”里是否真的有值得敬服的部分。

带着这种情感上充沛的感受和不断的怀疑，我在三十六个故事里寻找三十六枚坚实果核，以上便是一则很典型的寻找案例。需要说明的是，由于这本故事集的写作对古代志怪传奇的故事完成度有相当程度的要求，这就不得不舍弃那些很有光彩，却不足以构成故事的精灵鬼怪。这是我觉得较为遗憾的部分，而且有些故事如《奴官冢》《汴州祸事》《吴兴老狸》，偏滞重了些，也许有读者会责怪不够有趣轻盈，我也只能先在此处表达一声歉意。

另外，书中故事没有在类目上做过多编排，实在是在成书的过程中，每一个故事都有了多面向的生长，于是就变得难以归类，干脆淋漓排开，这样读的人便可随意翻选，读罢一个故事只管合上，随手再翻开读另一个时，完全又是别一番景象。

由编选到阅读，再至书写，这样一本小书实在也用去不少时间。由儿时我的奶奶袁云庭女士讲述的精怪故事，一路贯穿到如今这本精怪故事集，笔者深感着天地之间的生物，死物，由下而上，由内而外地发蒙着一个写作者对人世的体悟，有时也考验着我们在关照外物与自身时，究竟是通透，还是糊涂。

清人徐谦曾将平生所知“物”的故事，辑为一书，分孝友、忠义、贞烈、慈爱、恤孤、眷旧、践信、守廉、翼善、救难、酬德、雪冤、知几、通慧凡十四鉴，写尽了物的灵怪友爱，悲情与神通。一直很喜欢徐谦为此书起的名字，私心将这四字写在这篇小序中：

物犹如此。

以示对人的鼓励。

郭冰鑫

二零二零年七月三十一日

目录

马妇奔脱

益州刺史张全，驰骋弓猎，好马之人。唐人柳祥在他的志怪小集《潇湘录》中，记有刺史张全与马的一则奇事，为人乐道，流传至今。

张刺史家宅内修有一大篷马厩，十足空廓，养有良驹三十二匹。每至晨晓，刺史宅内烈马嘶鸣，益州人便知，是张刺史到马厩选马去了。可有一阵子，益州人再没听到刺史宅内发出过马的嘶鸣，仔细一打听，才知有人送了刺史一匹白骏马，刺史珍爱非常，便把先前的马驹或遣了送人，或送至军中，或卖与边境的马贩，总之三十二匹一匹不剩。

据刺史大人的马倌宋武说，这白骏马鬃毛奇长，马尾又亮又顺，周身皎白如朔雪，薄薄一层皮毛下，肤若膏玉，触之弹滑。更奇的是，这马不似平常马儿般目距极宽，眼神木呆，倒是活泼灵动，聚神有光。

啧啧。众人听闻刺史大人获此良驹颇为艳羡，便打问那宋马倌可骑过这骏马没有。

宋马倌赶忙摇头："哪敢啊。刺史大人对这匹马爱惜得不得了，除他自己外，旁人谁都不敢骑。"他凑近众人低声又道，"几日前我还有个饲马的搭子，他就抱了一下马脖子，嘿呦，被刺史大人逮个正着，可怜见的，下狱去喽。”

众人又是一片唏嘘。宋马倌眼看日头下去了，怕耽搁喂马的时辰，便拾起地上的草筐，急急赶回张府。

入了府门，奔至马厩，天已大黑。宋马倌把刚从地里采来的金花草悉数倒入食槽，这才发觉怎么没看到那白马走近觅食。他抬头去寻，偌大的马厩倒灌一股冷风，宋马倌不禁缩起脖子，远远望到一团白影窝在阴暗的东南角上。

“啰啰啰——”

宋马倌挥舞着手上的草料朝白骏马移去，不承想那马忽地立起，前腿极速地缩了，身形也变小很多。宋马倌觉得惊奇，再走近些看，立时愣在原地，眼前哪有白马，分明站着一红粉白面的妇人，美丽奇绝，披着件薄绸单衣，立在散发着马粪味道的厩中。

“你，你——”

“宋马倌，”那妇人盈盈开口道，“你且去喊刺史大人来就是。”

宋马倌不知是惊是惧，也不敢再多看这绝世美人一眼，返身奔了出去。不过一会儿，刺史张全闻讯赶来，宅内其他人也举着灯笼悉数扒在厩外，都想亲睹这白马化人的奇观。只见那妇人看刺史阔步跨入厩内，便碎步上前，低眉垂目，跪倒在地，一连三拜。

张全不能分辨眼前妇人是否为他珍爱之骏马，后退一步喝道：“来者何人？为何拜我？”

“张公。”妇人抬起眼来，眉目有情，聚神有光。

噫！张全认出，这眼睛果真是那白骏马的眼睛啊。只见那妇人直起身子，娓娓说道：“张公莫怪，我本是燕地一妇人，从来恨毒了家中虚坐，豪掷时日。自小，我尤爱骏马，羡慕马儿驰骋千里，赞叹马儿健美骏逸，无拘无束，好不快活。谁知有一天，我自家宴归来，竟然醉倒在地。爷娘责骂我不成体统，正要上前来扶，我却双手突然化作马蹄，双腿登时变作马腿。我的身子撑破了原来的衣衫，脸变作马脸，黑发成了鬃毛，一瞬工夫，我竟已是一匹纯白骏马了。”

众人闻此一阵轻呼。刺史张全仍犹疑地看着妇人，不作声，只听她继续说道：“我那时年纪还轻，想着做人苦累，做马快活，便不顾爷娘哭喊，冲破家人围堵，跃了出去。我凭着自己高兴，一路朝南，肆意奔过街道，跃过河川，驰骋荒地和草原，饿了就食林间草，渴了就饮山中泉，不知不觉间竟已奔了将近千里，徘徊益州。不想，在靠近城池的莽丛中，我中了马贩的埋伏，此后被人辗转倒卖，幸好最终送到了张公厩中……这好一阵子，张公待我十分怜惜，颇多爱护，我都看在眼里，却苦于是个畜生，说不出感激，这才又想起做人的好来。”

妇人说得动情，不料一向疼这白骏马的刺史大人只是沉吟片刻，便走近那妇人，厉声道：“人畜之别，殊如神鬼，说，你如何由畜化人？”

妇人被这样一吓，泪水涟涟，哭将起来。宋马倌和众人守在厩外，看美人梨花带雨，只觉疼惜。怎奈刺史大人岿然不动，横眉冷对，就等着那妇人仔仔细细地解释。妇人只好用袖口掩面，轻轻揩去泪水，柔声说了起来：

“近些日子，妾蒙受张公爱怜宠惜，日日相伴，便想起自己做姑娘时种种乐事，想及爷娘恩情待我，我却因一时贪玩生念做了这畜生，呜——”妇人泣道，“今日日间，我追恨不已，忍不住连连落泪，惊动了此地地神。地神知我生来为人，却不幸转作牲畜，颇为同情，便去禀了天帝，适才还与我人身。”

“唔，原来如此，如此……”刺史张大人听到此处，思忖片刻，方才蹲下，将妇人的小手盈盈握住，又搂着她的腰肢将其整个揽入臂弯，“没想到，吾爱竟是人化的马，马化的人，极惊奇，极好，极妙啊。”

“张公，”妇人偎依在刺史大人怀中，赧然道，“蒙大人不弃，妾身愿永留益州，以身相许。”

“甚好，甚好。”刺史张全心下得意。尽管失了宝马，他今夜却偶得美人，想来这又是一件惹全城艳羡的美事。于是刺史大人心满意足地搂了燕地美妇走出马厩，府中上下都为这异事美谈鼓舞着，他们举着灯笼欣欣然送主家入了卧房，仿若二人新婚，府内大喜。这夜过后，刺史府推平了马厩，辞了宋马倌等一干马厩小厮，招进不少灵巧的丫鬟，专为那马化妇人驱使。又过一年，益州人听闻刺史府进驻了不少兵丁，众人不知缘由，只有那曾给刺史大人伺候过不少宝马的宋马倌，猜出了几分。

此去十余年，宋马倌早不做饲马营生，也随同乡游走山间荒原，专为达官贵人寻猎良乘宝驹。这一日他在马贩子聚集的河谷酒肆听闻，刺史大人的美妇人闹着要回燕地看望爷娘，大人不准，那妇人竟仰天狂啸，继而如烈马嘶鸣，忽扑在地。谁都没想到，妇人顷刻间竟又变作白骏马，她踢翻刺史，冲破府内层层兵甲，奔脱而出，如今已不知所踪。

马贩宋武听了这话，饮尽壶中二两黄酒，翻身上马，朝北地急奔而去。

那是怎样皎白如朔雪的白骏马啊，宋武在颠簸的马背上醉想，找到它，必能好好赚上一笔。

金钏诺

李良初死之时，被两个黑衣人架着，心下是全然的糊涂。及至过了一重又一重巍峨高门，眼见门下守卫的都是獠牙夜叉，这才明白自己或许是已死了。瞥一瞥挨着身的两个黑衣鬼，只望见白惨惨两颗骷髅头，李良猛地想起今日早些时候，妻说起的那句“乐极生悲”。

我是被人害死的！

被鬼差扔到阎罗殿上时，李良由悲痛而愤懑起来。

越过几十级的高台，李良隐约看到殿上府君朝南危坐，翻着一生死大簿，喝道：“此人寿数未尽，何故带至堂下？”

李良听了这话，心下大喜，立刻磕头疾呼：“府君英明！在下李良本是颍川一良民，因与友邻陈焉合伙赚了点小钱，喝酒庆贺来着，谁料那黑心的陈焉趁我喝醉投毒害我——”

“罢罢。”府君重重合上生死大簿，似不想言语。李良跪在地上，咂摸着殿上空空的回声，却忽又被左右两个鬼差架起，拖出殿外，只听得其中一个怒斥道：“别拿人间那些龌龊事来污大人的耳朵。”

“怪我怪我，”李良连给自己两个耳光，继而赔笑，“差爷爷，大

『李兄不用许我过分的承诺。』庚延移出暗影，慢慢显露出他面颊凹陷、颧骨高耸的脸，漠然道：『一只金钏值多少，就让她们再活多少，便是了。』

人都说我阳寿未尽，还得劳烦二位尽快送我回去才是啊。”

“回去也不是不可以。”那一具骷髅似做不出任何表情了，李良却感到他的嗤笑，“等着吧。你的事大人还要上报。”

上报？李良心下一沉，刚要上前再问，两位鬼差却扭身不见了。李良窝在殿外一隅，见眼前的鬼都飘蓬一样，游来荡去，便牢牢地用脚和手抠着地，生怕自己也变成那种飘忽模样。一想到家内娇妻一夜间变作寡妇，此刻一定正守着他的尸身，实实地伤着心，李良便心急得无法。再想到自己拼了大半辈子的命，除那大把家财外，还未留下一子半女，若是陈焉再去勾引他老李留下的俏寡妇——

哎呀呀。

李良恨得抓紧一刨火热的地土，却忽听有人清幽幽地唤他。李良抬头去看，竟是多年前在京城的旧相识庚延。

“庚兄！”李良一把攥住眼前人的手，却只是攥住了一团空的鬼气。

“李兄，”庚延似笑非笑，看着身着绫罗袍子的李良，道，“没想到会在这里遇到你。”

李良大叹一声：“哎！阎罗殿胡乱办差，实在是个误会。”

庚延抖了抖空的身子：“凡游荡在这里的，皆是误会。”

“喔。”李良默然踌躇，盯着庚延那身破衣裳，“怎么，兄难道也是被人害死的？”

庚延摇头：“无人害我。读书人，只是穷死的。”

李良只好笑笑，安慰道：“兄莫悲，你看我，倒是赚了不少银钱，还不是同你一样站在这里？”

“你不同。”庚延说话间把李良引至一黢黑的隐蔽处，道，“李兄，我比你早来几日，了解些情况。那两个鬼差，是否说要将你的事情上报？”

“正是，正是！”李良因看不清庚延的样貌了，只好对着一片恐怖的黑诚恳说着，希冀那里会有什么神迹。

“他们哪里需要上报，李兄，”庚延的话里有讥诮的笑意，“你一个买卖人，还不懂这里面的门道么？”

李良思忖着，心下确乎是明白的。说到底，鬼和人哪里有什么两样，故意把人从阳间拖来，再推脱着不肯送回，无非就是想要些银钱嘛。李良长叹一声：“明白是明白的，可我刚咽气，那杀千刀的奸人便把我身上值钱的东西都掏了，我哪里还有好东西孝敬鬼差老爷！”

“此事不难，”庚延似乎窸窣着摸出了什么，“你只要告诉我，你是否真的要回那人间去。”

“当然要回，”李良的愤懑又升了起来，“就是为报那奸人的仇，就是不做人，做鬼我也要回去的！”

“这便好。”

黑暗中忽地亮莹莹跃出一只金钏，闪耀得李良心都亮了。他禁不住伸手去摸那金钏，实打实的黄金，让活人死人都感到踏实。

“拿去给鬼差吧。送你回去，足够了。”庚延的声音从极黑的地方传来。

可李良捉着那金钏，迷惑了：“兄何不自己……”

“我啊，”庚延似乎是轻轻喟叹了一下，继而用平平的调子说道，“这金钏是一位染了霍乱的姑娘昨日脱下送我的。她年纪轻轻尚且不愿回到阳间，何况我这一无是处的穷饭囊呢？”

“这……”李良紧捉着救命的东西，犹豫了，“兄的妻儿或正盼着一家团聚。”

“即将饿死的一对妻女，跟我这么个穷书生团聚有何用处？”庚延那团黑影似在游转，他的声音继而凶厉了，“李兄，你对我从没有过恩情，我送你金钏自然也是有所求的。”

李良听了这话，知道此兄有求于他，便心安理得地把金钏藏进衣袖：“庚兄，你尽管说。”

“我拿金钏替你买路，回到阳间后，你按市价折成银子，送到我家妻的手上便是。”

哎呀呀。李良与黑的魂魄作揖，话语里带着深深的情意：“兄这是什么话，你这样救命的恩情，我自会涌泉报答。日后嫂夫人和令爱的生计，全由我担着。”

“李兄不用许我过分的承诺。”庚延移出暗影，慢慢显露出他面颊凹陷、颧骨高耸的脸，漠然道：“一只金钏值多少，就让她们再活多少，便是了。”

说完这话，庚延便渐渐消隐。李良本想再为这苦命的仁兄捎带句话，他却完全地消失在众游魂之间，寻不到了。李良只好捏紧那只金钏，急急去寻来时的两个鬼差。还是在阎罗殿外，李良摸出金钏，恭敬奉给了带他来的两位鬼爷爷。庚兄说得可对极了，看到这发亮的纯金，那二位骷髅爷虽没有眼珠子，却还是能从眼窟窿里发出某种微绿的、欣然的光。不到一瞬刻工夫，李良只觉头晕目眩，霍地一口大气由顶至丹田，又迅速充盈全身，乱撞得他不得不睁开了眼睛。

是妻，他睁眼便看到他那娇妻，挂着晶莹的泪，面孔惨白地盯着他，继而他看到了父母亲友，奴仆杂役，然后是杀他的那个叫陈焉的凶徒。众人都停止了哀号，一脸恐怖地盯着李良。李良却也顾不得别的，朝着伪装成善人的陈焉扑将过去。众人以为是恶鬼诈尸，怕得不敢近李良的身，只知四下里奔逃，乱作一团。唯李良的妻看夫君面色红润，言语皆如常人，才明白夫君确实未亡，是完完全全地回来了。夫妻二人相拥着，众人这才放下恐惧，走上前来。李良把被毒害致死，又在阎罗殿经历一遭的事情悉数说出。众人便将贪人钱财、杀人枉法的陈焉绑了，一行人随李良，浩浩荡荡行至官府。等官府终于经重重冗长之程序将杀人者斩了，已是萧萧秋后，大仇得报的李良这才想起送他救命金钏的那位庚兄。

李良遂命人准备了远抵过一只金钏的银钱和生计物料，亲自赶一驾马车，前往京城庚宅。到了庚宅门口，只见院落寂寥，并开始积下薄薄的落雪。李良推开朽得枯瘦的门，看到一大一小两具人皮骨窝在破口的棉被里。

棉絮早已飞得没了模样。

身着貂皮袄的李良身子一抖，想到兄的冷漠的脸来。

却是我来晚了么？李良不禁要问那做丈夫的一句。

讴士孙阿

曹魏时期，有一位名叫孙阿的讴士，是个太庙里助葬唱挽的歌者，碌碌平凡，却有一则与他相关的奇闻载于《列异传》中。

一日卯时，孙阿如常来到太庙场院，清嗓高吟，为某王公贵富的丧葬大礼做着准备，不料主事的长官却颇有意味地唤他。孙阿问其何事，长官摇头不言，只道庙外有轿子在等孙阿。

“可——”孙阿想到今日的差事。

“今日不要你唱。”长官谄笑，“恐怕你乘了那轿子，再不用回这太庙唱葬歌了。”

孙阿听了这话，满腹狐疑地走到庙外，天还未明，晨起的薄雾中果真有一顶八扛舆停在门口。熟习礼制的太庙祭士都知道，八扛舆是只有皇亲王公才能乘坐的轿子，活过大半辈子了，孙阿可是连两扛的版舆都没怎么坐过。究竟是撞上了什么大运？孙阿心下微微漾起一丝兴奋，他将信将疑，把腿迈过门槛，守在轿前的几位轿夫立刻向他躬身行礼，齐声喊道：“孙公。”

孙阿很是受用，他也不管这究竟是谁家来接的轿子，只管钻进轿厢。

嚯，轿内比他想的还要宽敞，内饰颇为豪华。与这轿子相比，孙阿所住太庙舍简直如同猪圈。孙阿笑吟吟坐定，轿子稳稳被轿夫们扛在肩上，却急急动了起来。

孙阿这一路都在想，这辈子是否救过哪个落难王公的命，又或者救过什么鱼虫鸟兽没有，再或者，难道是得了谁家千金小姐的青睐？不，不，绝不可能！孙阿想到这儿连连摇头，他这又老又丑的颓唐模样，任谁都看不上吧，更别说什么金贵小姐了。

不到半个时辰，轿便停了。孙阿懵懵然钻出轿厢，借着一抹晨光，看到“太尉府”三字赫然悬于眼前。

太尉府？孙阿大吃一惊。他何等下贱身份，庸庸碌碌，四十有九，不过尽责唱诵些送魂的挽歌，如何能受权倾朝野的司马家族这般礼待？孙阿一边怀疑自己在做梦，一边又按捺不住心下的激动，慌忙整理衣衫，低头一看，大呼不妥。自己竟未曾换装，身上穿的还是送死人入殓时才着的丧葬礼服。他犹豫着是不是要回去换身衣裳，又忽地想起，司马大将军已擢升太傅，如今的太尉是昌陵亭侯蒋领军。说到蒋领军，孙阿终于有了点头绪。不久以前，他和一众讴士曾在太庙为蒋领军早逝的儿子唱过挽歌。

难道说，蒋领军家里又有丧事？孙阿边寻思，边跟一位管家模样的人入了太尉府。太尉府内花红柳绿，处处井然，却不像有丧事要办的样子。孙阿毕恭毕敬行在府中，不知为何总觉得府中下人皆鬼鬼祟祟，总要从旁处偷偷窥他。孙阿不似初时激动了，渐渐不安起来。不多一会儿，他被带至一处雕饰讲究的偏厅，蒋领军携夫人端坐正中，他们一见到孙讴士入厅，竟蓦地站起，直直朝他走来。孙阿赶忙下跪行礼，蒋领军一把将他扶起，十分亲切的样子。

可还未等蒋领军开口，站在一旁的领军夫人便抢先道：“孙讴士，侯爷和我总算等到你了！”

“见过太尉，太尉夫人。”孙阿恭敬地说道，“鄙人见召，受宠若惊，却不知太尉大人召在下所为何事？”

夫人看看蒋领军，蒋领军似乎有些为难，坐回榻上：“还是让我夫人同你说吧。”

孙阿的疑惑已经快要奔出嗓子眼了。可他只能屏住好奇，心下揣测，太尉大人何等身份，面对他区区一个讴士，竟会有什么难言之事么？

“孙公——”太尉夫人开口道。

“不敢不敢，夫人，孙阿实在担不起。”

“你担得起，必须担得起。”夫人说罢这话便坐回榻上，挨着蒋领军。孙阿只听她叹了口气，继续说道，“吾儿少年早逝，为母亲的已经悲痛心碎，怎料前日那可怜的孩子竟托梦给我，说他在阴间过得极其不幸。”说到这里夫人登时泪眼婆娑，直看着孙阿。孙阿只好回应道：“哀哉，哀哉，还望夫人节哀。”

“我与亲骨肉阴阳相隔，如今又得知他堂堂卿相子孙，魂归泰山后竟只能在阴间做个轿夫差役，受尽侮辱。”夫人一副大悲的样子，把手放在蒋领军的袖上，忽地大哭道，“孙公，这叫我如何节哀啊！”

“这……”孙阿尽管还是不大明白二位召他的根由，却立刻躬身道，“想必此事定有我能出得上力的地方，还望太尉和夫人明示。”

蒋领军微微颔首，拍拍夫人的袖子，转向孙阿：“孙讴士，我那孩儿自小便没受过一点苦，入了阴间，我身为一方侯爵，也绝不允许他受到任何困辱。那日里他托梦给母亲说，马上将有一位新的泰山令要在阴间上任，他要我跟那位泰山令通融关系，好给他谋个享乐的闲差。”

嚯，还有这种奇事，孙阿暗自称奇，同时觉得有些荒唐。但他不敢表现出来，反而恭敬附和道：“太尉大人，在下愿为这位新上任的泰山令连唱九日颂歌，太庙主事大人也一定愿为新任泰山令塑像供奉，太庙还会举办盛大祭礼——”

“若只是唱颂供奉这种小事，太尉也用不着劳烦孙公了。”夫人看了看蒋领军，顿了顿，说道，“太尉大人起初只说我是思儿心切，他并未当回事。可昨夜，我那苦命儿哭着又到我梦里，说他已抬了轿子在太庙门前，准备迎泰山新君。新君今日日中阳间亡故，即赶赴阴间上任，他还说，”夫人再次起身走到孙阿跟前，十分近切，道，“新君你这一去，便是永辞人间，不复得归。”

孙阿听过这话猛然一惊，继而有什么东西凉飕飕的滑过脑门，孙阿伸手去摸，是额上冷汗。

“孙讴士，”蒋领军这时也靠过来，捉了孙阿的膀子在身侧，拍拍道，“还不明白吗？你就是我儿口中新上任的泰山令啊。”

孙阿一时不知如何应答，纷乱间，只顾盘算日中是什么时候，如今又是什么时辰。

“孙公，此去虽是到了阴间，可是，”夫人顿了顿，慈眉善目地笑道，“毕竟是升迁去做泰山令，是值得恭贺的事。”

“是，是。”孙阿频频点着头，却觉丧袍之下空空，身体已如幻影。他忍不住低头看双手，幸好还在，于是身子似乎也还在……

“太尉大人，”孙阿现在只好作揖，补上惨然一笑，“孙阿孑然一身，死自是不怕。如今又听闻死后还能高升做泰山令，掌一方鬼魂事务，心中喜悦，只是——”孙阿抱着一线生机，问道，“此事尚不能定论真假，令郎如何得知今日正午亡故上任的新君，就是在下呢？”

“孙公莫疑。”夫人应道，“你的名姓是我儿梦中明白告知的，不然，太庙泱泱百十讴士，我和太尉怎知是你？”

“是了。”蒋领军也道，“我寅时派人去查，你的名姓、样貌和生辰八字均和我亡儿所说无二，且太庙主事告诉我，你送亡魂时每每尽心唱诵，常把挽歌唱得催人泪下，实为泰山令首选之人才。”

孙阿听了这话，愕然之余竟完全不知该喜该悲。他只好淡淡地问：“公子是否告知，在下今日如何死去？”夫人道：“辰时心痛，巳时剧痛，日中而亡。”

孙阿听罢笑笑：“那么，时辰差不多了，我要回太庙准备准备，莫要让令郎等着急了。”

“孙讴士所言极是。”蒋领军赶紧挥挥手，管家便捧着一箱黄金珠宝走进厅里。

孙阿看着此前常渴望的巨大财富就放在身前，却只觉金银如土，珠宝煞目。这当儿，他想起一个关键问题，便问道：“太尉大人，贤子究竟想在阴间谋个什么职务？”

“不难，泰山新君给吾儿安排地下最享乐的差事便好。”蒋领军说罢，瞥一眼就要溢出来的金银珠宝，笑道，“事成，这便是酬劳。”

酬劳，给谁？

孙阿脑中一片空空，良久，才恭敬行礼：“谢太尉大人厚赏，只是我死后用不到金银，在人间，也没有亲属家眷可以享用这些珠宝。”

“倒不如，”夫人笑意晏晏，“就在太庙为新任泰山令塑像供奉可好？”

蒋领军点头称许，孙阿不置可否，躬身随太尉府管家一路飘至那八扛舆中。轿子许还是和来时一样稳吧，但孙阿只觉上下颠倒摇晃，只想呕，却又什么都呕不出。他撩开轿帘，天光如此大亮，街上已多了不少早行的菜农、猎户和脚夫。真好，孙阿想，他们有整整一日的活计要奔走、忙碌。可那街上剩下的，孙阿细细去查，十步一岗，全是蒋领军一路从太尉府设至太庙的军士。他们身强力壮，背弓佩剑，孙阿悚然想到，太尉大人这样大费周章，一定不只是为了传递他孙阿何时魂归泰山的喜讯吧。

及至太庙，日头渐升，似是过了辰时。太庙的主事和太尉府上管家一路跟着孙阿来到太庙舍，随他沐浴，看他刮面，帮他更衣，不停歇地逼问，是否感到心部绞痛。孙阿看辰时要过，便答痛，饱食一餐，憩了片刻，到了巳时，又言说浑身剧痛。眼看日头升到头顶，孙阿干脆合眼躺下。阳光均匀地洒在他的面上，他现在知道，无论蒋家亡儿所说真与假，他都活不过日中。

果然，在日头最烈的时候，一种巨大的钝感突然袭来，很快，剧痛的感觉布及全身。孙阿挤着眼，一直紧紧闭着眼睛，不敢朝人间的太阳再多看一眼。直等到痛感完全过去，孙阿才睁开眼来。眼前墨黑，太庙如置永夜。孙阿起身，感觉从未有过的轻盈。管家、主事还有军士们，一个都不见了，万物归于寂静。孙讴士毫无声响地走动，行至太庙门前，终于影影绰绰看到有个人影浮于乌惨惨的黑雾中。

“恭迎泰山令——”

他听到那人的声音很是年轻，走近，看到一顶八扛舆如卯时那样，停在太庙门前，轿夫们似是向他鞠躬，莽莽一片，鬼影幢幢，他们齐声喊道：“恭迎泰山新君！”

孙阿于是靠向那为首的，问道：“你可是——”

“我是。”孙阿于是定睛一看，这蒋家亡儿十五岁上下，一脸灰白，肩头溃烂，得意地急言道，“我父亲就是当朝太尉，昌陵亭侯蒋济，蒋领军。”

“喔，喔。”孙阿在嘴里念着，没再多说什么，钻入轿子。那孩子为他放下轿帘的时候，泰山新君听到他响亮地喊，“起——”

他知道自己已经被那孩子放在了肩头，不知是想到太尉及其夫人，还是想到了自己，孙阿竟想流下泪来。然而眼泪是没有的，孙阿去摸脸颊，冰的，冷的，干的。他已经是个死人了，意识到这一点时，讴士孙阿又有些愠怒。

此去月余，人间如常。一日卯时，蒋家夫人梦中醒来，翻身摇醒蒋领军，兴奋地说，亡儿托梦，已调职做了主簿的录事，只消做些清闲的文书工作，再不受任何困辱。

蒋领军听罢道："吾儿虽少年早逝，所幸，"他忍不住啜泣起来，"亡儿有知。"

"万幸，"夫人也忍不住垂泪道，"孩儿有侯爷你啊。"

第二日，太尉阖家来到太庙，主事知道他们如今除了祭天地、敬祖宗外，又有了新的供奉。他立刻命人捧出半月前就做好的泰山新君金身塑像，比照主事大人对讴士孙阿的记忆来看，这塑像着实是伟岸了太多，也金贵了太多。

猎人化鹿

打生下来，彭安就因家境贫寒，饱尝饥饿味道。鄱阳郡上的乡里都说他在射猎上有些偏才，可偏在这唯一的才干上，彭安被父亲管束得紧。他是从没有多少机会能摸到弓箭的。

有一次，还不到十岁的小彭安跟人家到山里去，禁不住周围人逗弄，他终于捉起了弓。谁料到，彭安张弓搭箭，一出手便射得一头黑壮野猪。这下，郡上人把彭安神射手的美名传得更厉害了。然而，当彭安喜滋滋回到家里，还没迈进那半边坍圮的茅草房，便迎头被冲出的老爹一顿毒打。跟在彭安后面抬野猪的年轻乡里瞠目结舌，谁也不知道彭家老爹哪里来的怒火，没开口问上一句，就连人带猪尽数被彭老爹赶了出去。

彭安心里困惑极了。他小小年纪为家里猎来一顿大肉，该是受夸赞的事，可父亲为什么二话不说就把他打成了筛子呢？等老爹终于打累了，彭家父子都瘫在空荡荡的院里。阳光照在彭老爹披散下来的头发上，干的。彭安定睛一看，爹的头发竟一瞬全白了。彭安不顾浑身皮肉的痛，挨着父亲坐下。家里贫寒，母亲早已病死，现在父亲也老了，彭安又是伤感，又是委屈，终于大哭起来。彭老爹不看儿子，只暗自垂他自己的泪。

就这样，又过了几年。彭老爹终于熬不住生活疾苦，赴了黄泉。彭安孤零零一人活在这世上，勉强靠砍柴度日。乡里人还是用“神射手”这名号来喊彭安，语气里却全是讽刺和嘲笑。彭安为躲清静，干脆只身往他郡讨生活去了。

到了二十岁光景，彭安看着别人家男子婚配娶妻，过上了舒坦日子，心里又按捺不住，动了捉弓捕猎的念头。可父亲临终前让他起过誓，他是至死都不能摸弓箭的。至于为什么彭家人世代不能捉弓，彭老爹却从来不肯告诉彭安。这样思来想去的，彭安连砍柴的活计也不能好好做了。每日里只是带着斧头上山，林里漫荡一天，再无精打采地拾上两根枯树枝，他准备就这么把日子混下去。

一日，彭安正偎在一垛老树根旁小憩，忽听得耳畔有几只鸟儿叽喳个不停。彭安睁开眼不耐烦地看着不远枝头处的三只麻雀，随手摸了一把石头，用力朝它们抛了过去，却没承想三只麻雀忽地都不作声了，直直落了下去。彭安跑去一看，三只活泛东西，竟全被他一把石头射死。彭安把三只麻雀绑在斧上，晃悠悠下了山。他肚里饥饿如常，像石片，可心里却一点点松动了起来。当天晚上，彭安就着点酒，久违地享受了一顿火烤的肉，尽管只是麻雀肉。

第二天，彭安就背着赊来的弓箭又回到了山里，他已经顾不得对父亲发过的誓了，拉弓的那一刻，他能看到的就是儿时那顿没吃上的野猪肉。

就这样，彭安终于应了那神射手的诨名，漫山遍野地打猎去了。不过两年，彭安就成了鄱阳郡响当当的猎户，他置了宅子，娶妻生子，再没饿肚子的时候。一切都美满起来，如果不是那天妻突然要他猎一头白鹿给丈人做药引，彭安绝不会想起老爹临终前那幕：

“吾儿至死不能捉弓！就算，就算捉了弓也千万不能射鹿，射了鹿——”彭老爹仿佛一口气再也提不上来，但还是凭最后的力气吼道，“不能是白鹿，千万不能是白鹿！”

当时彭安就伏在爹的床榻前，他记得爹最后说这半句话时，身下的稻草因久病者突然发力，全都竖了起来。

彭安这样一遍遍回想着，终究，还是背着弓箭上山了。他攥着手里的弓，一会儿想着父亲临死前的模样，一会儿又劝说自己既然早已破誓，不如就犯忌到底。他犹豫着在山里漫走，林子里有任何风吹草动，他都暗自期盼那不是白鹿，可当偌大山林归于静寂，他几乎可以说是愤怒地叩问自己，为什么他这一辈子都要守着一个死人的叮嘱。难道祖上非要他活得穷苦伶仃才心满意足吗？彭安这样叩问着先人，突然，一抹白影在落日的余晖中一闪，彭安来不及多想，一箭射了过去。

有什么东西应声倒地了。

彭安大步奔去，就要到近处时，他看着那一团白色，又一动不敢动了。

太阳正急急沉下山去。彭安直到林里黑透了，才敢上前背起那一头也许是白鹿的东西，出山归家。

及至家门，彭安脚步发软，肩头沉沉。妻心焦地奔了出来，看到彭安背上的白鹿，神情便有所舒缓。

“大夫在呢，快进来。”她柔软的小手拉着他的衣襟。彭安意识到自己果真射得一头白鹿，心已大凉。进到屋内，那看上去足有百岁的名医正在丈人病榻前忙活。彭安依旧背着白鹿不肯放下。名医似乎闻到了死鹿的腥味，抬起头来，他似乎看到了什么不寻常的东西，嘴巴微张，心下大惊。

“那是什么？”他移到彭安近前，看着他身后的东西。

“白鹿。”彭安不安地低声答道。

“我说的是这东西的额上。”名医简直把整个脑袋搭在彭安肩上，看了有一会儿，他向后退，盯着彭安道，“你，是不是鄱阳郡安乐县人？”

彭安不作声，只是点头，心下狐疑，父亲早带他彭氏一族从安乐县迁出，怎么这老人还知道他是安乐县人氏。他可从未同任何人，包括他的妻子讲起过这段身世。

谁知名医看到他点头的样子，神色大变，脸上沟沟壑壑的皱纹似都要舒展开来。

“作孽。”他连连摇着头，手忙脚乱地收起药箱就要出门去。彭安慌了，一把将他拉住。

“哎！”名医大叹，“彭家小老爷，你快放下你背上的白鹿，看看它额上写的什么吧！”

彭安慌忙把白鹿从肩上卸下，这才看清，他射死的是一头纯白色鹿，它的皮毛亮亮的似在闪光，鹿角如同白玉琼枝，向头部两侧伸展开。而这对鹿角中间，赫然一道七星符，其下清清楚楚地写着一个名字，彭锐，名字下面，还列有生辰。

轰的一声，彭安跪倒在地，以头抢地，恸哭不止。

这彭锐不是别人，正是彭安的亲祖父。

原来，安乐县彭家世代以捕鹿为业，直到一日，彭锐带着儿子入山捕猎，却突然倒在地上，化成了白鹿。其子呼号着父亲，这白鹿却超然远去，再也不见了。于是儿子放弃了世代谋生的捕猎活计，烧毁家内所有弓箭，发誓就算忍饥挨饿，就算成街上饿殍，彭家人世代再不捉弓。

老名医喟然长叹，最后提起他的药箱子跨过门槛，无论彭家妻再怎么哀求，都不肯再留。同为安乐县人氏，这名医从来只把彭家受诅咒一事当传说罢了，哪能想到亲见这诅咒应验呢？惶惶然出了院子，老人家突然感到有一团火光打在了自己身上。他不敢回头看，不及想更多，只愿那是彭家孙子烧毁箭弩的火光。

珠袍

楚睢阳王搂着一袭珠袍，眼前珠光漫溢，盈盈变作泪光。他抹了几下松垂的眼皮，脑中浮现出女儿南妙的爱娇姿态。

“这珠袍……哪里来的？”睢阳王的头低垂，跪在地上的管家连忙说出在街市购得珠袍的经过。“一个年约四十的书生……”管家不时朝年迈的睢阳王望上一眼，“从他那里买来的。”

睢阳王颤巍巍站起，不再多言，只吩咐管家速去捉了那卖袍的人来。

街市熙攘。卖袍者名叫谈生，正躲在一处逼仄的矮檐下，点着刚刚得到的钱币。想到还在家中发着热病的儿子，谈生双手发抖。妻说的没错，那珠袍果真值钱千万。眼下儿子的病不容再拖，谈生数出二十钱急忙去请睢阳城内最好的大夫，可还没走出两步，迎面竟被几个粗壮汉子三两下绑缚，抬着进了睢阳王府。

谈生几日没有饭食下肚，被这么一吓，只觉头晕目眩，全身软作一摊。耳边嗡嗡的有人怒斥着什么，谈生过了好一阵才听出，此人正是在街市上向他买珠袍之人。谈生下意识搂紧囊中钱币，生怕儿子的救命钱被这买主反悔要了去。

“这珠袍……”一个更苍老的声音飘来，谈生闻声望去。在一片莹

每当回家看到妻那经年不衰的无双姿容，就想起两年多以前，妻站在月下，犹犹豫豫的样子，想起她说自己与人不同，可究竟怎样不同，妻却从不肯吐露一字。

莹珠光中，谈生看到一位衣着雍容的白须老者，正一脸威严怒视自己。谈生有些清醒过来，站在一旁的管家踢他一脚，谈生双膝磕在殿上。“好你个盗墓贼，见到睢阳王还不赶紧跪下？”

睢阳王？谈生看向老者，慌忙叩拜。睢阳王被人搀着挪到谈生近前。

“这珠袍，哪里来的？”睢阳王问。

谈生如实作答：“是我的妻，她，她临走之前，留给我的。”

“你的妻？”睢阳王沉默，继而静静说道，“盗墓小贼张口就是瞎话。我女儿五十年前就穿着这珠袍入的殓，发的丧。她死时从未婚配，不过十五岁！她一个死魂灵，如何做你的妻？”

谈生一听这话心中骇然，他再次抬起头看着睢阳王，蓦地双眼含泪：“岳公，我见到令爱的时候，她正是十五六岁……”谈生说完这话，扑在地上，竟兀自哭了起来。

两年前一个春夜，已年过四十的谈生正就着月色吟诵《诗经》。他上无父母下无妻儿，只苦守着古书里一点痴望，独活于世。那夜的风本就有点温热，谈生宽宽衣衫，准备入睡的时候，忽然门被风吹开，正要去掩，却见一妙龄女子犹犹豫豫地站在门外。她转过头来看着谈生，谈生也定睛看着女子，她皎白的肌肤衬着熟柿颜色的嘴唇，朝他浅浅笑着，如月色一般轻曼的素纱衣罩着紧紧裹身的曲裾，满缀明珠，细缝金丝。

谈生从未见过如此无双的人儿，一时间失礼得只是呆看，完全不知如何开口讲话。还是那女子仿佛终于下了决心一般，挪开步子，走到谈生近前。她的手触到他手心时，浑身如烧铜般炙热的谈生终于感到一丝救命的微凉。谈生于是牵着她走进房里。

你是谁？谈生在心里问着。

“叫我妙儿。”女子竟主动答道，“夜夜听公子用功读书，今夜实在按捺不住，想来看看公子。”

谈生面孔一红，想到偶尔也偷念的淫靡之诗，难为情起来。

“姑娘是哪户人家女子？”谈生在此处住了多年，不记得周遭诸邻谁家有这样的妙人养在闺中。

女子微微把脸别过，却又忽然扑在谈生怀里。谈生从未摸过女子身体，竟不知这身体如此软，如此轻盈。

“公子年过四十尚未娶妻，而小女子恋慕公子已久，不知——”女子轻咬嘴唇，停住不说，谈生已知女子心意，只朝她唇上吻去。吻乱的发髻垂落在妙人儿雪白的肩上，她突然犹疑，赧然道：“公子可知我与人不同？”

谈生顾不上细想，只说女子定是天仙下凡，便把她抱到榻上。

然而女子的双眼突然化作两汪深潭，谈生一惊，听她说话，竟如沉潭回响，“三年，千万不要用火光照我。公子可答应？”谈生看着怀中美艳得不寻常的妙儿，心下生疑，可嘴上已经答应。

就这样，夫妻二人过起了和美日子，不久便生下一个大胖小子，惹人艳羡。又过了两年得意生活，谈生却听到有人乱嚼舌根，说他的妻是睢阳城北景山上吸人精血的活妖精。谈生一介书生，听得生气，也不与长舌妇人一般见识。可每当回家看到妻那经年不衰的无双姿容，就想起两年多以前，妻站在月下，犹犹豫豫的样子，想起她说自己与人不同，可究竟怎样不同，妻却从不肯吐露一字。

这夜，妻抱着儿子已经甜甜睡下，谈生却怎么都不想靠近床榻，只睁眼盯着眼前的油灯。火光在谈生脸上明明暗暗，他不住回想妻那夜的嘱托，要他三年不能用火光照她。人都说妖精怕火，尤其是狸，最怕火光。莫非妻子真如邻居们所说是吃人的老狸？莫非，所谓的三年之限正是用自己的精血喂食这妖精？莫非，三年一到，竟就是自己的死期？

谈生这样想下去，心中惊惧，手脚微颤。他强忍恐惧，手持油灯走向床榻。妻面朝墙熟睡，身上盖着一床薄被，她那皎白如月的姿容和小儿粉嫩的小脸拥在一处，在油灯金黄色的火光里，妻儿恬然呼吸，身体起起伏伏。看到妻子和儿子在火光之下全无不同，谈生大感心安，继而惭愧不已。说到底，怎么能听外人的话，怀疑爱他敬他的妻呢？谈生自顾自摇着头，想到妻愿意嫁给他这样一穷二白的光棍，更为他生下白胖小子，勤勉操持家务，她怎么可能加害自己呢？

谈生于是掀起薄被，躺在爱妻身边，正要吹灭油灯的时候却摸到被下床榻濡湿。谈生初以为是儿子尿床，可用手细细摸，竟有黏稠的感觉，还有一股血腥味道扑面而来。谈生狐疑，举起油灯，扬起那薄被一看，妻子置身血泊，腰上生肉淋漓，混着黏稠的血还在弹动，而腰以下竟只是两根白骨，杵在他和她恩爱云雨的床褥上。

谈生惊得跌倒在地，只见那白骨咔嚓折起，朝他迈来。有血淋在谈生腿上，他无法动弹。妻还是用那温柔却微凉的手捂住夫君，求他不要喊，求他不要吵醒孩子。谈生颤巍巍点头，妙儿吹灭油灯，又变作了平常模样，姿容不改，却眼含怨愤，泪水涟涟。

“夫君，你果然还是负我。”妙儿回到床榻上绝望地看着刚满两岁的孩子，叹道，“不出个把月，我就要重生为人了，为何你——”她再次看向谈生，压低她的声音，却带着愤恨，“为何你不能忍，不能守我夫妻之约？”

谈生看这光景，心中明白过来。妻是求生的鬼，并不是吃人的妖精。谈生后悔得不知如何是好，只能搂住妻，闷闷大哭。妻的泪水直直落在谈生的后脖颈，混着他的眼泪，一同滑落在地……

谈生的故事说到此处，只听得周遭呜呜有哭声，四下一望，那买珠袍的管家和伺候的仆从全都听得动情，掩面哭了起来。管家上前正要扶起睢阳王新得的主婿，没想到睢阳王竟不为所动，更要给谈生上刑，好让这张瞎编故事的烂嘴吐出盗墓的实情。

众人吃惊，正不知该如何反应，谈生却毫无畏惧地站起，再叫一声“岳公”，继续说了下去。

眼看天就要亮了，妻最后拍了拍儿子，揉了揉他晨起易胀气的肚皮。她就这样走向门口，如同来时一样，兀自犹疑。谈生不知如何挽留，妻寂然望着他，只说：“跟我来吧。”

谈生自看过那可怖的一幕后，再面对妻竟毫无恐惧。他随妙儿在晨昏时刻走了一会儿，便看到一座他在此处从未看到过的华堂，墙柱皆雕金镂银，饰幔俱丝绸绫罗，走进内庭，更是明珠美玉漫溢。谈生正惊叹妻的身世，妻取出一件闪耀的珠袍放在他手上。

“你我此别即永离，我虽无法成人，却仍无比顾念我的孩儿。如果有一天你贫苦得无法活下去，就把这珠袍卖了，你和孩儿定能靠此珠袍维生。”睢阳王女说着撕下谈生一块衣裾，便大力推开谈生，以示永诀……

睢阳王于是带着家丁来到女儿墓前，管家仔细查看后确认墓冢完好，并无盗墓迹象。老者犹不信，命人开棺后果然在娇小白骨下看到了谈生的粗布衣裾。王终于相信这书生故事里的妻，正是自己那生前薄命、死后又求生无门的爱女。

“吾女，实苦。”睢阳王低低说着这样的话。谈生身后一个小小的人儿朝他这伤心老人看着，老人颤抖着牵了那孩子的小手。

亡女幼时的脸，浮现。

半妻

唐大和年间，西北游牧部族趁秋高马肥率兵来犯。京西防秋战事正酣，寿州有位名叫景乙的虞候在军中做执法官，人如纯铁般刚正，在兵士们心中颇有威仪。可如此刚直的汉子，这一整个秋天却都担着极重的心事。他的妻子在寿州家中久病，近日又传信来，催景乙早归。景乙每问及妻子得了何种病，病情究竟如何，家信总支支吾吾，语焉不详。又过半月，京西已过深秋，北风渐劲。景乙看战事和缓，便向将军告假归乡，一路星夜兼程，总算在初冬前，赶至家中。谁料推开家门，只见宅内萧索，管家、婢女、小厮皆无，厅内院里，处处伶仃。

莫不是夫人已……

景乙不敢多想，忙慌慌朝卧房奔去，远远看到屋内还掌着灯，心放下大半。

“夫人——”他推开半掩的门，朝掌灯处寻去。

“夫君！”

是夫人的声音，从床榻处传来。景乙心中安慰，朝床边走去：“夫人这一番受苦了。西北战事刚一结束，我就奔回来看你。只是，”他环顾屋内翻倒的椅子，扯坏的苇帘，还有花瓶内枯萎变灰的黄菊，惊惧地问道，“家里其他人呢？是遭了匪，还是——”

“夫君……”虞候夫人悲泣的声音从盖得严严实实的被窝里传来。

“夫人莫哭。”景乙忧心地坐到床边，掀起被角道，“来，先让我看看你这病情到底如何。”

“夫君——”

一声凄厉惨叫伴着被子掀起，响彻死气沉沉的虞候宅。一具拦腰截断的女体在床上蜷缩着，双腿血淋淋缠在一起。

景乙登时吓得跌下床来，若不是此人生性较一般人多些刚硬，此一刻定已赴了黄泉。景乙努力定了定神，只听他夫人的声音弥漫在屋内，悲泣道：“夫君自防秋上任，家中无主，我便被小鬼纠缠。那鬼砍去我半身，吓走所有侍从，日日折辱于我！呜——现在他仍在东园，夫君快去帮我把身子找回啊！”

景乙听罢这话，先是大惊，骤而大怒：竟有恶鬼胆敢侵他宅院，欺他娇妻！景乙亮出随身佩剑，朝东园狂奔。时下已过黄昏，东园一片昏黑，但景乙还是隐约看到园正中立着一个大概六尺有余的东西，景乙握紧手中的剑，一点点从侧后靠近，越近却越觉得毛骨悚然。此鬼生得一副婴儿模样，赤着身体，头颅硕大而四肢奇瘦，浑身僵硬泛着尸体才有的灰白油光。景乙伸剑要砍，死婴突然转身，一双红瞳死死盯着景乙。景乙吓得脚下一软，后退数步，剑掉落在死婴脚边。他继而看到，死婴胸前抱着一件竹器，朝他逼来。情急之下，景乙搬起脚边假山石，重重掷向死婴，死婴扔下竹器闪躲，景乙接连投掷石块，恶鬼翻过院墙，倏忽不见了。

景乙喘着气搂过那竹器，低头一看，又倒吸一口凉气，器中所盛正是妻的上半身，她死白的眼睛翻睁着，看着景乙。景乙忙抱着竹器奔回卧房，可还没走到门边，竹器内便空无一物了。景乙推开门，妻子已恢复平日模样，坐在床边唤他“夫君”。景乙心中大喜，奔将上前，却发现妻的发际、眉间，胸口、腰间均有裂口，内有血红之肉翻出。

“夫人。”景乙悲恸道，“身子找回来了，却还是切裂的，这可怎么好？”

“夫君莫急。”虞候夫人安慰景乙道，“只要去外面找二升人乳，浇灌于东园那东西所站的位置上，我就能和从前一样了。”

“人乳？”景乙困惑问道，“为何是人乳？这一切究竟是怎么回事？咱们家怎么会招了那死婴来？”

虞候夫人见夫君这样问，一时面红耳赤，赧然道：“我前世做人家的后妻，因吝啬母乳，不愿给前妻生的儿子吃奶，生生把那孩子饿死了……”

景乙听了这话，眉间凝出一团黑影，他起身站到床边，又听他那娇妻道，“那死婴在冥界把我告了，判官竟把我的上身判给了他！”妻嘤嘤又哭起来，却不见夫君靠近安抚，她便又哭喊道，“夫君，还好你及时赶回来，不然，我怕是再也见不到你了！”

景乙的眉毛凝得更深了。家中薄薄的灯光映在他铁青色的脸上，景乙看着自己在军中日夜思念的娇妻，眼前又闪现出东园死婴头颅硕大、四肢枯瘦的样子。他于是背过身去，不顾妻的呼喊，走出屋门，摆开腿脚，奔出宅院。这位刚正不阿的军中执法官到底是去寻二升人乳，还是打定主意一去不归了，《酉阳杂俎》里没有记载，还凭读者诸君自去判断吧。

鬼妇人的安葬

唐时，荆州有一百姓郝惟谅，是个粗直鲁莽、好勇斗狠之人。人都说，像郝惟谅这般阳气刚健的狠人，怕是鬼也不敢近他的身。可武宗会昌二年的寒食夜里，郝惟谅偏就撞入一户鬼宅。

白日里，郝惟谅和往年一样，与几位同好在春日正盛的郊外野游，尽管天已有阴沉迹象，可绿草油油看得几位技痒，一行人便解开衣衫，蹴鞠角力，好不快活地拼杀到了夜里。这夜起着恰到好处的白雾，郝壮士与众人醉酒而歌，心意翻动。虽然，寒食夜里几无月色，却有将将好的朦胧。郝惟谅觉得迷醉，便凭着自个儿的欢喜兀自向前走着，全不顾身后众人唧唧囔囔在喊些什么。走倦了，他摸着一处土坡，索性就地睡下。约莫过了寅时，郝惟谅口渴难耐，这才醒转过来，只觉四周寂清，空阔无人声。他定神一看，原来自身竟醉卧于一片坟场之中。

“哈！哈！哈！”

郝惟谅立时大笑三声，站起，想着寒食夜有幸醉卧坟场，倒是应景。脚下还是有些飘，有些软的，他朝不远处有亮光的地方走去。春酒喝得

当晚，只有郝惟谅在梦里见到了那个被安葬的人。她依旧在灯下缝制油衣，且已如愿是个有阴籍的鬼了。

太多，他太渴，急于找碗水喝。

摸着坟场周边的柏树，郝惟谅走了不多一会儿便看到一户人家，半边院墙已然颓圮，院内只一方小小茅屋，屋檐下用竹竿挑着不少油衣，透过油衣的缝隙，郝惟谅看到有如豆烛光在屋内闪耀，灯下坐着一个枯瘦妇人正低头缝纫。该是一户制雨具的人家，郝惟谅想敲门，却发现门虚掩着，便推门走了进去。

“大姐，可否讨碗水喝？”郝惟谅走进院内，院墙根杂草丛生，处处昏昏，实在凋敝得可以。郝惟谅正犹豫着是不是真要在此处讨水喝，天却星星点点降下雨来。紧接着，茅屋窸窣有人声，一个身着破麻衣的妇人推开重重油衣，走到檐下。

郝惟谅还从未见过这么姿容惨淡的妇人，他不好意思地又说了一遍：“大姐，我行到此处，口渴得不行，能否给碗水喝？”

那妇人紧抿着嘴唇也不说话，径自返回屋内，再出来时，手中端着碗水，直愣愣递到郝惟谅手上。郝惟谅一边咕咚咕咚喝水，一边忧惧地看着死盯着他的妇人。这汉子尽管浑身是胆，此刻也心下发毛。

莫不是真撞上鬼了吧？他在心里嘀咕着，把那只破了瓷的碗还给妇人，正欲道谢离开，妇人却飘至门口，闩上院门：“郝君莫怕，我知你是有胆气的人，才要留你。”

郝惟谅面上无表情地听着，心里却怕得紧，双腿比刚才进来时还要软了。

“你到底，”郝惟谅咽了口唾沫，“是人是鬼啊？”

“我是秦人。”那妇人飘至檐下，半边脸隐没在油衣的阴影中，娓娓说道，“我本姓张，多年前随夫君李自欢嫁来荆州，日子虽清贫，但夫君是个一等一的健儿，生活倒也和乐非常。可没想到大和年，夫君被征召驻守边关，从此便一去不返。我日夜忧思，没多久，便病倒了。”

郝惟谅听到此处，料定眼前妇人定是女鬼无疑，惶惶然只想逃命。可那鬼妇人哀戚戚地看着他，郝壮士又不好意思拔腿而去，只好问道：“那……后来呢？”

“唉，”妇人道，“后来……”她不接着说下去，却从身后扯了一件油衣走到郝惟谅身侧，给他披上。郝惟谅听到有雨急急落在涂过桐油的绢衣上，这才意识到雨已经落得很大。

“郝君，”鬼妇人一脸悲伤地说道，“我不瞒你，我死在这儿，已经十二年了。”

郝惟谅浑身汗毛竖起，却一动不敢动，只好问道：“那你留我，做，做什么用呢？”

“我只想请郝君帮我一个忙。”鬼妇人恳切地说，“我在荆州没有亲戚，死时就由邻里草草埋在此处，没能入土为安，不为阴司所录，只好做个孤魂，在阴阳之间恍惚。”

“你想让我给你安葬？”郝惟谅心定片刻，知道保命有望。见那鬼妇人连连点头，郝惟谅又道：“可我这人懒散度日，并未积蓄什么钱财，可怎么给你办丧事呢？”

“郝君不要担心钱财。”鬼妇人扭头看向昏黄灯光下悬挂的油衣，道，“我虽做了鬼，却也不废女红。就跟活着时一样，我守在这里，就是缝绢衣，刷桐油，制成雨衣。你看，这些都是为城南的胡家做的，已经做了很多年，我也攒下十三万钱了。”

听了这数目，郝惟谅惊异非常，几乎忘了自己身在鬼屋。

“我想，我也不需要什么风光大葬，”鬼妇人再次恳切地看着郝惟谅，“办完丧事后，这钱总归会有剩余，权当妾身酬谢恩公。”

眼前一个妇人把话说到这份上，郝惟谅也不好意思再推托，便点头做了允诺。鬼妇人于是敞开院门，送身披油衣的郝惟谅出了门口。

郝惟谅一路疾行回到家中，一刻也不敢回头看。换下湿衣，躺在家中舒适的榻上，郝惟谅很想睡上一觉，怎奈一合眼就看到一大片黄油衣中，坐着个哀戚的瘦妇人。郝惟谅看天已亮了，便索性坐起，再次披上油衣，冒雨赶至城南。

到了城南，郝惟谅一番询问，果然寻到一户做雨具生意的人家，正是姓胡。郝惟谅与那胡家老爷讲了昨夜所见，胡老爷先是打量他身着的油衣，继而问道："那妇人是否形容枯槁，瘦脸，长手，着一破洞麻衣？"

郝惟谅忙点头称是。

胡家老爷恍然大悟："怪不得她这么些年只肯做晚上的工，原来，竟是个破落鬼！"

郝惟谅担心眼前这白须老头会被吓倒，却没承想胡家老爷麻利地披上油衣，拽了他的胳膊说："那妇人埋在哪儿？带我去。"郝惟谅瞥见胡老爷的油衣针脚与自己身着的正是一模一样，便带着胡家老爷来到昨夜误入的破陋小院。白日里看，这一带因临近坟场，本也没什么人烟。而鬼妇人所葬处不过半边倒塌的荒屋，郝惟谅走进屋内，屋内竟还挂着好些未制成的油衣。

"是这里了。"胡家老爷摸着未刷桐油的绢衣，道，"是那妇人的手艺。"胡家老爷命仆从挖开屋内隆起的一小撮土堆，不多久，郝惟谅就看到土堆里刨出一口木条打制的棺材，因年久已散开，内置一具娇小伶仃的枯骨，裹在织得稀薄的麻布里，看着着实可怜。而枯骨身侧，散落有大片铜钱，郝惟谅一枚枚数过来，不多不少正是十三万钱。

郝惟谅数钱数得冒了大汗，他坐在地上，回想昨日那鬼妇人所说，身世种种，哀戚种种，一种从未有过的悲哀感受竟混杂着些许钦佩，涌了上来。胡氏老爷在他身后长叹一声，道："好人当安葬，好鬼亦当安葬。"胡氏老爷便同郝惟谅商议，两人愿共拿出七万钱补足二十万，将死去十二年的秦人张氏风光大葬。

于是七日后，荆州百姓便看到一支布帷漫天、灵旗翻动的送葬队伍，银白色河流般，将一口祥云流彩的金丝楠木棺材，浩浩荡荡送至鹿顶原安葬。所葬究竟是哪位贵胄，看热闹的荆州人谁都说不上来。

当晚，只有郝惟谅在梦里见到了那个被安葬的人。她依旧在灯下缝制油衣，且已如愿是个有阴籍的鬼了。

吴兴老狸

晋朝时候，发生过一个不知是妖怪作祟还是命运使然的“杀父”故事。

吴兴这地方，即今天的江浙一带，山泽富美，多良民瑞兽。可据《搜神记》记载，这里一般实农户，也遇上过骇人听闻的异事。因年代久远，这户人家的名姓均不可考，笔者姑且称户主为吴老头，他的两个儿子，分别就叫吴大和吴二吧。

这日，吴氏兄弟同往常一样，天没亮就扛起锄头到田里去了。两兄弟感情交关好，做农活时有说有笑。眼瞧着太阳老爷都晒到肩膀头上了，吴老头交给二人的活计，居然一半都没做完。

“哥哥，再要说笑这地到了明日也锄不完了。”吴二想到归家后暴躁的老爹免不了又要责骂，比吴大更着起急来。

“怎么？”吴大直起身子，掸了掸身上的土，“你怕什么？那老东西怪起来打我就是了，我不会让他的扁担抽到你身上的。”

“我倒不是怕这个……”吴二说了半句就不作声了，继续埋头干起活来。田里寂静，他听到了大哥把锄头敲进土里的声音。可这做活的声音还没响上两下，吴二冒汗的背上，突然感受到一股子凉风吹过。他直起身子一看，被眼前人吓得一个踉跄。

“爹，你怎么来了？”吴二赶紧去拽吴大的衣裳。吴大扭过头来，看见他的老父亲一脸阴沉地盯着他。吴大低低叫了一声“爹”，心想坏了，刚才的话恐被这老东西听了去。

这做爹的吴老头也不应声，他从地上抄起一根扁担走到吴大近前。吴二吓得赶紧往大哥身后躲。吴大瞪着父亲举起的扁担，愤愤道：“又没做错什么，这日头还高，爹当真要罚我们么？”

“你，”吴老头瞪了吴二一眼，“走开。”

吴二可不敢反抗，疾步移开。吴老头朝大儿子笑，笑得很是瘆人，笑完了就举着扁担朝吴大的脑袋砸去。吴大一时间只觉眼前血红，双耳失聪。他恍惚看到为人父的向他不断举起带血的扁担，非要把他打死一般。吴二听着爹刺耳的骂声，噙着泪别过脸去。

太阳落山。吴二搀着浑身挂血的吴大跌入家中。两兄弟的母亲吴氏惊惶不已，忙上前问可是在山中遇上什么恶事。吴二边抹眼泪边把父亲打骂大哥的事情说了出来。吴氏尽管一向懦弱，可看大儿子被亲爹打成这番模样，竟生出了一股子勇气，骂骂咧咧出门去寻那死鬼老头去了。

出门还没几步，吴老头大摇大摆迎了上来。听自己妇人当街大骂，一时也不清楚她骂些什么，正要拉回家里好好收拾这婆子一番，不想竟一眼看到瘫坐在地的大儿子。他一脸血污，正愤怒地瞪着自己。吴老头被这眼神弄得身上一悚，忙问起缘由，大惊。

“你们定是碰上恶鬼了！”吴老头平日管教儿子尽管也拳打脚踢，但也不至于手重到这地步。说话间，吴老头愈想愈气，即刻就要拿起斧头寻那恶鬼去。吴二一把拉住父亲，直言那鬼大白天尚且那么嚣张，夜里就更别说能有多厉害了。

吴老头想想也是。三个人七手八脚扶了吴大到床上去。吴大休养了几日，能下地走动了，便又扛起锄头到田里去了。吴老头特意让吴二带了把斧头跟去，再三嘱咐，见了变作他模样的鬼，不要犹豫，直接砍了便是。

可一整天，吴氏兄弟都没能在田里看到那捉弄人的鬼。眼看太阳落山，田里阴风阵阵，吴二央求大哥一道回去，吴大不答应。他紧紧攥着斧头，一动不动立在田中。太阳又向西坠了些，借着最后一点日光，他们终于看到恶鬼现身了。

“恶鬼砍死了没有？”

这鬼真会装相，竟还问自己被砍死了没有。吴大不禁大笑，可吴二一时有些恍惚。这鬼跟吴老头确实一模一样，就连声音、动作都无一不像。那鬼愈来愈近了，突然被一块石头绊了一下，就要扑倒，吴二当真以为是自己亲爹，正要上前去扶，吴大却一把推开吴二，大斧一劈，直砍在那鬼的胳膊上。

只听“哎哟”一声惨叫，有血飙出，直喷在吴大胸前，一只断手滚落在吴二脚边。

“畜生！我是你亲爹啊。”只听那鬼大喊着。吴大才不听眼前这恶鬼喊叫什么，只顾连连挥斧：一斧砍在那鬼的胳肢窝，一斧切开了他的腰腹，又一斧砍断了他的脖颈，最后一斧豁开了他的脑壳。

吴二被眼前的骇人场面吓得不敢动弹。那鬼不叫也不喘了，吴二这才敢看他大哥，他已经扔下斧头，站在一片血污中。

他不是鬼吗？怎么也有肠子肚子呢？吴二惊得不敢发问。

这时吴大扭过头来，像是了解兄弟的疑问似的，只说：“是妖。埋了吧。”

天完全黑了。吴二这才跟着吴大心神不安地回到家中，直看到吴老头安坐在榻上，这才放下心来。

“我的儿杀死恶鬼啦！”吴老头笑盈盈起身，把儿子们拉进屋里。吴氏已经备好酒菜，一家人大肆庆祝。吴二看爹和大哥碰杯碰得欢快，心里高兴。

就这样，吴家人和和乐乐过了几年。吴老头似乎转了性情，再也没打骂过妻子和两个儿子，一家人处得愈来愈亲近。尽管心里觉得奇怪，吴二还是感到宽慰。许是老爹老了，吴大总这么跟他说。

一天，一位法师模样的人路过吴老头家，讨口水喝。吴二引法师进门，法师看了吴老头一眼，便默默的不作声，示意吴氏兄弟跟他出来，坦言道：“令尊身上有极大的邪气。”

吴大听了这话，回去禀了父亲。吴老头掀桌大怒，说要找这法师理论。吴二忙劝法师速速离去。没想到法师口中念念作声，抬脚就朝屋里奔去。吴老头突然惊惶不已，表情痛苦万分。不一会儿，吴家老爹的衣裳竟条条爆开，很快就没了人形。吴二定睛一看，这做了几年人父的东西竟是一圆头小尖耳、身形赛虎的老狸。老狸作势要钻入床下，却被法师一脚踩住大尾。

“法师且慢——”吴大三两步奔来，正要说些什么。法师却已在老狸呜呜的呻吟声中，一下拧断了它的脖颈，屋里顷刻都是死去畜生身上的臭味。

“用火烧了它。”法师踢了踢老妖物的尸身，走出门去。

吴二到了此刻才明白过来，当年他们杀死的正是自己的亲爹。原来那一日吴老头怕儿子们打不过那老鬼，特意赶到田里想帮把手，没承想竟被亲儿子砍得血肉模糊。

吴氏得知这事后从街上奔来，捶胸恸哭，久坐在地，任谁都扶不起来。吴二怀着痛苦的悔意为生父办了丧事。吴大则一个人背着老狸的尸体寻到当年父亲被砍杀的地方。那里早没了吴老头的尸骨。他在沾染生父鲜血的地方点燃大火，抱着那老妖臭烘烘的尸体，共赴了黄泉。

吴大或许是想用自己的死让兄弟好过一点？

可吴二只是一日比一日懊恨，终于撇下老母亲，也朝那地府去了。吴氏于是疯疯癫癫活下去。她日日都想不通，那害人的老狸，为何偏要来做她儿子的老子？

哎，做人老子哪里是好做的？

双婿

夏日最热的时候，姚司马携一家老小从长安搬来河东道汾州。推开院门，在炎日下晒着的就是姚家局促的新宅。两个女儿蹦跳着入了小院，姚司马和夫人一并进门，姚司马却不大敢去看妻的脸色。此次朝廷贬谪他到汾州担个闲职，实在辜负了出身长安贵富家的夫人及她对生活殷切的期待。

姚司马识相地揣着包袱，一路不作声。妻自推开南厅、北厅的门，探头去看，吱扭的声响混着屋内的飞尘，一间间窄陋的屋子呈现在姚司马眼前。

“实在不是太好的宅子。不过，打扫一下，大概也颇……干净雅致。”姚司马试着安慰夫人。

夫人不言语，径自朝后院的卧房走去。她进了门，推开紧闭的窗，一股凉风吹来，妻趴在窗口看了看，扭头脸上忽有了笑颜：“你来看。”

姚司马放下包袱，凑到窗边，院墙数步之外有一条清冽小溪横陈眼前，水声哗哗，两个女儿已经凑到墙下，跳着脚争相要到墙后看看。姚司马和夫人都颇有些宽慰地笑了笑。尽管那不过是条小溪流，却给姚宅带来凉意，也给自觉无用的姚司马带来少许安慰。

此后，姚司马便常带两个女儿闲坐溪边垂钓。许是溪水太过清浅，又或是这水总较别处的水冰凉许多，姚司马从未看到溪内有鱼游过。一日暮昏，姚司马在本该觉得闷热的夏日忽感身冷，以致颤抖。姚司马收竿去喊不远处依然端坐垂钓的两小女，她们却不听话，坐在石上，简直一动不动。姚司马只好走到近前，愠怒道："该回家了。"

大女儿发出嘘的一声。紧接着，姚司马看到两个女儿的鱼竿剧烈抖动起来，像是有什么东西上钩了。

"用力，用力拉！"姚司马来了劲头，一手捉一竿，两个乱跳活物不一会儿便被父女三人合力拽了上来，放入桶内一观，姚司马才发现这两物长得实在不太寻常。

"爹爹，"大女儿捉着一条身若黄鳝却满覆长毛、黄眼乱转的东西，问道，"这是什么呀？"小女儿也用小手捏着一个状似鳖却双颊长腮、浑身乌糟糟的东西，困惑发问。姚司马活过半辈子，没见过这两种怪物，但因一向把屋后这溪当灵溪，姚司马便将溪中所得也看作祥瑞，他答女儿道："一是水中瑞龙，一是溪底神鳖，是天神送来要你们好好奉养的神兽。"

两个女儿一听此话，无比欢欣，提着木桶朝家里奔去，你一言我一语地把姚司马的话说给司马夫人听。第二日，姚司马专程到汾州闹市坊采买一上好盆池，把两个祥瑞兽放入盆池嬉游。女儿们日日围着池子打转，司马夫人却看那瑞龙神鳖一副羸钝丑陋模样，颇为惴惴："我道祥瑞兽该金灿灿、亮盈盈才是，它们……"

"诶，"每说及此，姚司马便要嗔怪妇人毕竟见识短浅，"古往今来，多少神仙扮乞儿，凤凰作野鸡，为的就是检视人心。以夫人的出身见识，实在不该被形容鄙陋或鎏金幻象所欺骗。"

姚夫人被夫君这么批评，便也只好闭嘴不吭声，由着夫君和两个女儿去供奉所谓的祥瑞兽。日子长了，她渐渐明白，这两个不明来历的东西，实已被夫君看作重归京师朝廷的意头和指望。

姚司马一家搬来汾州已足足有一年，这一日，他晨起拜过双兽，便去唤两个女儿来拜，却看到两人竟垢面蓬头，对坐缝纫，忙个不停。她们的身子看上去极为疲累，双目却闪着足劲的光。妻子立在旁边，要她们停下手里的活，却被大小女儿合力推开。姚司马去扶妻子，惊讶地看到两个女儿只是针线飞舞，仿佛在做缝纫的动作，却并不见手中有任何布料或衣裳。

“这……”姚司马看向妻子，“她们有何过错，你这样罚她们？”

妻子几乎哭出声来：“哪里是我罚她们，她们已经这样做了一晚上，怎么叫都叫不停。”

“可她们手上什么都没有啊。”姚司马走近两个女儿，唤着她们的名字，女儿们却连头都不抬一下。姚司马和夫人不知如何是好，女儿们却登时起身，做怀抱姿势，撞开家里仆从，冲向后院。她们把水倒入木盆，然后做出把怀中物扔入盆中的动作，大力搓洗起来，直搓得双手皮破血流，后又从仆从屋内翻出黑色的涅皂，尽数倒入水中。她们明明对着一团空，却一会儿漂洗，一会儿晾晒，上挪下移，毫不停歇。妻有些怕了，求姚司马道：“孩子怕是中了邪，夫君，快请人来看看吧。”

“不，不会。”姚司马喃喃道，“咱家宅内有祥瑞护佑，女儿怎么可能中邪？”

“祥瑞护佑？我看她们正是中了那两个怪物的邪！”妻子一下清醒了似的，奔到夫君高高供奉的盆池下，刚要登上去捉了那两怪，女儿们却悉数昏倒在井边。众人慌忙把女儿们抱到卧房，俄顷，大小女儿均睁开了眼睛。

姚夫人一把搂住女儿们，哭道：“可吓死为娘了。”

姚司马终于也放了心，宽慰地看着女儿。大女儿不知母亲为何在哭，便问姚司马道："爹，娘怎么了？"

姚司马笑笑说没事，小女儿却突然神色紧张地问道："爹，祥瑞兽呢？娘哭成这样，是不是我们的祥瑞兽没了？"

小女儿这么一说，大女儿也惊慌起来。两人不顾身上酸痛疲累，奔到盆池边上，眼见瑞龙神鳖游弋得颇自在，这才放下心来，呼哧呼哧笑着。

这时，宅外忽有马蹄声。姚司马预感那必是朝廷迟来一年的调令，便亲自奔到门边霍地拉开门，果不其然，一位送信官正翻身下马，恭恭敬敬递来一封书信。姚司马忙拆了信封去看，正是故旧杨元卿请他到京畿道邠州走马上任的调令。姚司马赶紧把这消息告诉夫人。

"你看看，咱们供奉的真是祥瑞兽！你看看啊，这上调令说来就来了！"姚司马高兴得合不拢嘴，动作夸张地唤两个女儿下来，一把搂在身侧哄逗道，"好闺女，好娃娃，咱们马上要回长安了！"

姚夫人仔细看着那调令，知道邠州尽管离长安很近，却绝不是长安，而夫君的新职，也不过是杨大人看在过去的交情上，出手相帮给的又一个闲职。唉，姚夫人实在也不能拂了夫君这短暂的快活，便堆笑说："甚好，甚好，咱们近日就出发，别误了夫君你的正事。"

"是，是。"姚司马连连点头，他攀到盆池边上，想着要怎么把神赐的祥瑞一路劳顿带去邠州，低头一看却大为惊恐，池中竟无一物，那祥龙和神鳖在他们说话的当儿没了踪影。两女儿听闻此消息大哭大闹不止，姚司马只好骗她们说，祥瑞兽听了好消息，一定抢先到了邠州。

然而半月后，一家人风尘仆仆赶到邠州，却见那干净雅致的姚宅里并无池塘，宅后也没枕着什么灵溪，更无什么祥瑞兽。姚司马明知如此，却还是有些失望。他把从汾州带来的盆池依然蓄满水供在院中，总盼着天降的祥瑞能再次光顾他的宅院，好保他官复原职，甚至加官晋爵，再被人家称许为大唐栋梁。姚夫人顾不上去理夫君的痴愚，她眼看女儿们愈加神志恍惚，疯魔憔悴，四处求人来看，却总找不出缘由。

就这样半年过去了，姚司马几次巴望升迁，竟全都落空，他对杨元卿交代的职事也颓靡了，只称病蜷在家中。一日，姚司马正缩在灯下与家仆戏钱玩耍，恍惚瞥见妻子颓坐椅上，了无生趣，身子也弯折枯索得很了。姚司马油然而生懊悔大恸之意，起身想去安慰妻子，却见妻子身后窗帷窸窣有动静，黑黢黢之处忽伸出两只长手来，带着一股子热乎乎的腥气直伸到灯下。众人皆护了夫人惊呼退后，姚司马却定睛去看那两长手，一只浓黄覆毛，一只乌糟糟的通体有孔，孔内冒着白沫子。它们同时朝姚司马伸开手掌，大喝道："给我一钱！"

姚司马犹豫着从桌上摸出两钱，妻却冲上来夺下钱，朝那两掌唾道："凭甚？夫君，"姚夫人又恐惧又悲愤地哭喊道："快喊法师来捉了这两怪，就是它们，一定是它们！害了我们女儿啊！"

"无礼！"没想到那黄毛长手啪地给了姚夫人一掌，"我们可是姚府娇客。"

"我们可是姚家女婿！"那乌手扶上姚司马肩头，尖声笑道，"丈人，你能调来此地可全靠我们。"

唔！姚司马恍然大悟，脸冒大喜之色："原来两位就是汾州溪上的……"

"黄郎。"那黄毛长手抢先说道，那乌黑的也跟上："乌郎。"

"黄郎乌郎！"姚司马忙双手撮起大把钱币悉数放到这两手上，几乎喜极而泣："我等你们等得苦极了！"

"夫君！"姚夫人还要去拦姚司马，却被他一把推开，并命家仆把夫人赶到屋外。这夜姚司马为黄郎、乌郎端热茶送珍果，家中珍宝钱财也全数奉上，仆人们虽觉怪异，但因能从黄郎乌郎手里偶得几个小钱，也忙前跑后，恭维非常。姚夫人拼命捶窗劝阻，姚司马和所有家仆竟都充耳不闻，全不在乎。

自那日起，姚宅便夜夜通宵达旦，一家上下与二郎纵情玩闹，好不狎熟。唯姚夫人枯守着两个昏沉沉的爱女，日夜悲泣，全不知如何是好。这日，姚夫人眼看大女儿呼吸急促，痛苦非常，便奔出去求医，迎面却撞上前来拜访的杨元卿大人，他的身后还跟着位拄着金刚降魔杵的缠袍僧。

“杨大人——”姚夫人眼中含泪，跪下求道，“我女儿被邪祟折磨得快死了，我夫君又——”

杨元卿忙把姚夫人扶起：“弟妹莫急，姚弟近来种种，我都知晓，适才从长安请来高僧瞻大师，来为你一家除了那邪祟。”

姚夫人听闻门外站的竟是声名远播的瞻大师，便又跪下连连磕头。长安人都道瞻大师下可捉鬼，上可通神，谁听他念上一句经文，便能立时病消。姚夫人忙把二位让进院内。杨元卿看院内寂寂，桌椅翻倒，凉风四灌，且有股子腥臭味道，便道：“我那贤弟他……”

“大人，”姚夫人哀哀忆道，“夫君自在汾州迷上那两个怪物，就起了只有靠它们才能升官发财的执念。每晚，他都和那自称黄郎、乌郎的邪祟共处，闹上整晚，到了白日，邪祟没了，他就在卧房昏睡，任谁也叫不起。”

“姚弟确是官场失意，可也实在是糊涂啊。”杨元卿叹道，又问，“家里其他人呢？怎么连个仆人也不见有？”

“都在后屋睡着。家里钱财全被夫君拿去给了黄郎、乌郎，家仆现在都从邪祟手里拿钱，他们整晚上跑个不停，白日里哪还顾得上我和我那两个奄奄一息的女儿。”姚夫人说到此处，掩面哭了起来。

“姚夫人，”瞻大师立定在院正中，道，“不必悲泣。这些人睡着了是好事。你这宅内邪祟易除，执念难消。今日你二人无论如何把姚大人关起来，莫要他冲出坏了法事。法事不成，”瞻大师顿了顿道，“你这长女便活不过今晚了。”

姚夫人听了这话，一刻不敢耽搁，立刻去找了把锁头，把在卧房昏睡的姚司马锁了起来。杨元卿则喊了自家小厮来为瞻大师备好红界绳、牲口血和一缸酒。

夜至，瞻大师升起红界绳，并在界外将一缸酒倒入半盆牲口血中，酒气和血腥味腾地升起，姚夫人和杨元卿被熏得不得不掩住口鼻。不一会儿，后院卧房便有灯明暗闪烁，瞻大师用手指作印相为手中长剑开光。一行人躲在廊下，听得后院轰轰隆隆有家具升起坠地的声音，却不见那黄郎乌郎来到前院。到了半夜，一头庞然墨牛竟从沉沉黑夜迈出，边嗅边巍巍来到那盆血酒跟前，迟疑片刻，才将鼻子凑入盆中。就在这时，缠袍高僧从廊中飞跃而出，大喝一声，只见明晃晃一道剑直插那墨牛颈部，一时间血流如注，飙射数丈。瞻大师口中念念有声，似在用咒语与邪祟缠斗，那墨牛却颇有力道，甩开僧人，裹着剑奔逃而去。众人于是举着灯笼，寻着它的血迹一路追去，却见一乌皮口袋躲藏于后院屋角，大若盛土竹筐，似乎还在呼哧哧喘气。

瞻大师信步走近，拔出剑来，扭头道：“我看，这便是你们宅上的乌郎了。”姚夫人凑近去看那皮囊，果真乌黑有孔，还隐隐泛着白沫。瞻大师命小厮取来柴火，一把火将乌郎烧成飞灰，一时飞灰旋动，臭闻十余里，搅闹得邠州人这夜均无法入睡，睁眼待至天明，又雷霆闪动，落下暴雨。

雨停时，姚夫人怀里的长女已清醒病愈，可小女儿仍在昏迷，口中夸嚓有声，时而身体抽动。当瞻大师的金刚杵靠近小女时，小女便神色恐怖，大汗淋漓。高僧看这小女身上缠着一个黄皂色相间的袋子，便令其母帮忙解开。姚夫人解开一看，是一个三孔龠。

“小女自幼爱好吹奏乐器，这是我夫君系在她身上的。”

高僧不语，四下去看两女屋内陈设，开了衣柜发现柜子深处有一竹筐，内中全是黄色与黑色的治丧衣裳。

“这也是你夫君放入两女柜中的？”

姚夫人心惊，答说不知，忙把这一筐丧葬服拿去焚烧。火烧得正旺时，姚司马终于被杨元卿放出，赶到女儿们的卧房。听闻昨日事后，姚司马自是悔不当初，他看小女儿依然神容枯槁地躺在榻上，便跪下求瞻大师再施法术揪出黄郎，瞻大师却面露难色，道：

“这黄郎早系在姚司马你心上了，烧了那黄丧衣也全无用处。昨日战那乌郎已耗去我大半功力，一时半刻定是除不掉你那黄郎。来年，姚司马若真有心除了黄郎，便到长安来寻我吧。”

高僧说完便扬长去了。姚夫人求杨云卿帮忙通融，杨元卿却摇头道：“大师有大师的道理，你二人听大师的话便是。”说完杨元卿也走出姚宅。出了宅门，路面坑洼处仍有积水，杨元卿隐隐还能闻到乌郎被烧死时那股逼人的臭骚味道。

一年过后，姚司马向杨元卿请辞，脱去官籍，带妻女回到长安。到长安第一天，姚司马便背着仍旧昏然不醒的小女儿前去拜见瞻大师。大师知姚司马终放下功名执念，便留这对父女在寺中救治。十日后，姚司马看到小女儿的胳膊上突起一如瓜水泡，瞻大师用针轻轻一刺，那水泡嘭一声破了，流出血来。

瞻大师便道：“功成，黄郎已除，你二人可归家了。”

姚司马于是谢过大师，背着小女儿走出寺门，穿行于熙攘街市。就要走到家门口时，姚司马听到女儿似乎是真的醒了，轻轻喊他一声“爹爹”。姚司马心事终消，忍不住垂下眼泪，急急踏入院中，要把好消息快快说与夫人听。

乞食者的妖言

唐元和六年，江淮从事李公佐奉命到长安公干而归，路过汉南，夜里就在那一带住下了。不想，同住的旅客中，渤海郡的高钺、天水郡的赵僓、河南郡的宇文鼎听闻李公佐正是书写《南柯太守传》的那位小说家，便将毕生所知异闻，说与他听。李公佐这一听便是整个晚上，其间颇有些动人心魄的精怪故事，但除却怪异骇人外，别无其他，唯高钺君详述庐江冯媪之事惹人唏嘘，李公佐便把这则故事记了下来。

据高钺所述，冯媪是安徽庐江一位里正的妻子，可怜年纪尚轻便做了寡妇，从未生下一儿半女，到老穷寡可怜，被乡民嫌弃，最后竟落得要靠讨饭为生。元和四年，淮楚一带歉收，家家户户顾不上自己，冯媪便连口稀粥都难讨到了。于是这六旬老太便拄着一根枯木拐杖，朝或许更殷实点的西南方向摸索而去。老人家脚力有限，但凭着不想生生饿死的一点决心，一路沿河乞食，终于来到一个叫牧犊墅的小山村。

冯媪算算路程，约莫已入了舒州地界。听说舒州桑林遍布，果树成林，到处祥和派头，冯媪不觉加快了愈来愈虚弱的脚步，却不巧赶上一

冯媪叹口气，眼眶便也湿了。她无儿无女，孤苦伶仃，当年那一篮祭器早不知四散到哪里去了。比起眼前的小妇人，她真不知谁更凄楚些。

阵大风雨。冯媪只好在一棵树冠硕大的桑树下暂避，可谁知这一避就到了夜幕垂黑。接连三顿粒米未进的冯媪连拄拐杖的力气都要没有了，迷蒙间却望见前方不远处有零星烛光闪烁，仿若粒粒稻米，又像点点黄豆。冯媪知道有救了，拼命撑上最后一口气，总算在风雨中蹒跚摸到那掌灯的人家。临到门前，却见一小妇人立在昏黄的屋檐下悲泣不止，身旁还跟着个粉白闺女，三岁上下，怯生生看着她这个水鬼似的老太婆。

她们也是如我一般讨饭的可怜人么？冯媪不禁这样想道，看妇人哭成这样，怕是此户人家不愿给口饭吃啊。冯媪心中刚升起的希望，眼看破灭了，她便朝那啼哭的妇人问道："这家可，可能给口吃的？"

那小妇人把掩泪的袖子从脸上移开，冯媪看到一双流水般闪烁的眼睛，一张因冷雨或眼泪打湿，稍有些苍白的樱桃小嘴。噫，这么好看的女子，冯媪暗想，怎么也跟我这个老太婆一样，落得无家可归呢？

"大娘，"那妇人止了啜泣，细声说道，"这便是我家，我领你进去随便吃点吧。"

唔？冯媪听了妇人这话，登时心肺温暖，肚囊颇感安慰。也顾不得去想别的了，冯媪便跟着小妇人进了虚掩的院门，不几步便入了北屋。屋内稍有些逼仄，陈设也颇简陋，但因亮着暖人的烛火，浑身湿透的冯媪已觉大幸。

"大娘莫嫌，我家屋舍是小了些。"小妇人有些不好意思地说道。

冯媪忙应："没有没有，姑娘肯让我进来避避雨，吃点热乎的，已是大恩大德。"

"我哪有什么恩德……"小妇人仿佛被说中痛处，竟搂着女儿，又兀自哭了起来。冯媪不知这模样俏丽的妇人为何总在悲泣，想安慰几句，却忽听得对面南屋传来哐啷哐啷的声响。冯媪朝南屋探去身子，只见大门敞开，门帘掀起，屋内有一皱眉老翁坐在胡床上，一面色惨戚戚的老妪鬼祟地贴着老翁的耳朵，低声在跟他说着什么。那老翁生得一张丑瘪嘴，听罢老妪的话似要发火，却又忍了，只不耐烦地说："找着了，我们拿走便是。这事情容不得她。"

冯媪有些疑惑，仔细去看，老妪手上紧紧攥着一个篾篮，篮内装有竹筐、圆筥、刀尺等祭器。老翁似瞥到有人在朝他们看着，便起身走出屋子，招呼那抱篮的老太婆也跟着他速速出了院门。两人"砰"的一声把院门甩上，在淅淅沥沥的雨中发出怎么都抹不去的声响。小妇人搂着女儿哭得更厉害了，冯媪饥肠辘辘的，全不知如何是好。待雨渐渐息了，小妇人也终于平复心情，起身到灶间准备饭食。不一会儿，她便端着一盘小菜、几只胡饼和一碗清粥回到屋内，招呼冯媪道："大娘，家里没什么好吃的。就简单吃点，充个饥。"

冯媪一路乞食，风餐露宿，如今能喝到一口热粥，简直感激非常。她三两下扯了胡饼塞入口中，又担心噎堵了自己，才细细咀嚼起来。一碗粥下肚，小妇人又到灶间给冯媪盛了一碗，然后便帮她收拾床褥去了。冯媪见这热心肠的女子终于不再哭了，便道："看你哭得那么伤怀，唉，大娘瞅着也心里不好受。好孩子，你到底是为什么哭啊？"

正整理床榻的妇人听了这话，停下手中铺床单的动作，眼泪啪啪落在粗布床单上。冯媪怨自己不该多嘴，小妇人却极为克制地嚅嗫道："是我儿的爹，我的夫君，明日要别娶他人了。"

"那，刚才那两位，是你什么人？他们可发了好大的火儿。"

妇人神色惨淡，垂下眼眉，回道："正是我的公婆。他们来拿拜祖先用的祭器，好交给明日入门的新妇。"话说着，眼泪又忍不住流下来。妇人忙用袖子揩去，"可我实在不愿意给，他们怪我……"

唔。冯媪只觉喉间闷堵，也不知是因为胡饼，还是这湿答答的夜里，眼前妇人的伤心事。冯媪喝掉半碗粥，蓦地想起她与夫君成亲那会儿，从婆婆手里接过家族祭器时的感受，仿佛从此就担了一个主妇所能承担的最重要使命似的——

唉。冯媪叹口气，眼眶便也湿了。她无儿无女，孤苦伶仃，当年那一篮祭器早不知四散到哪里去了。比起眼前的小妇人，她真不知谁更凄楚些。罢，罢，伤心事处处皆有，冯媪看着剩下的半碗粥说：“妇道人家。你啊，只知哭有何用？”

妇人试着停下啜泣，但这一努力却全无用处。

冯媪又问：“你那夫君呢？可有来看过你？你在这里过得这么苦，娘家人知道吗？”

小妇人轻轻摇了摇头，看女儿倦了，便搂她在怀里，温柔拍着：“夫君他叫董江，住在前面不远的桐城县。他是个县丞，这些年做官积下不少钱财，他虽然不来看我，但我这里也够过了，什么都不缺。我娘家在淮阴，我爹正是县令梁倩，他们离得远，自也无暇顾及嫁出来的闺女。其实想来，我做董家妻七年，生有两个儿子一个女儿，也算圆满，只是如今……”妇人怕是心凉透了，顿了顿哽咽道，“夫君别娶，母子永离。儿子都跟了父亲，唯有小女儿陪着我。”

妇人说完便低声呜咽，不再说了。冯媪听罢也心事沉沉，身子又乏得很，不久便倚在榻上睡熟了。及至天明，冯媪都一直听到滴滴答答的声音，她也不想再去辨那是雨声还是哭声。第二日醒来时，北屋寂寂，冯媪看到桌上有一布包，裹着几个胡饼，是小妇人提前备好，要她带在路上吃的。冯媪心里感动，出了屋门朝南屋还在熟睡的母女俩躬身道谢。不便多打扰，她轻手轻脚出了院门，一路朝南而去。

自吃了昨日的胡饼，饱睡一宿，冯媪元气大补，身上的劲头足了，全不用拐杖助行，半日已行了二十里。日中行至一县外，只见街市熙攘，好不热闹，冯媪抬眼一看，正是昨夜妇人所述桐城县。冯媪入县打听，果然在桐城东角上，寻得一户今日娶妻的官宦人家，宅主姓董。冯媪来到董宅门前，看到院内红帘帷铺张翻飞，祭祖先的羔羊、迎亲的飞雁和亲友的贺礼正源源不断送入府中。不少出身富贵人家的官人小姐骑马或乘轿络绎赶来，人人脸上有瑞光，就连宅子前面看热闹的闲人都高兴非常，喜笑颜开。

冯媪问近前看热闹的人道："这里可是董江董大人府上？"

众人均说是。冯媪想到昨日那妇人母女的凄清，对比目下，心中愤愤，便接着问道："这董大人明明有正妻，为何又再娶妻？"

"嗯？"众人面面相觑，一个满脸络腮胡的老人家上前道："你大概不是我们桐城人吧？董大人的妻子半年前就死了。"

"胡话，"冯媪心中升起一股愠怒，"昨日大雨，我正是在董妻梁氏家避雨留宿，她一个人带着个三岁女儿，听说夫君今日另娶，好不凄苦！"怕众人不信，冯媪翻出仅剩的两张胡饼，道："这正是好心肠的梁氏备给我的胡饼，你们这些乡里人竟将活人当死人看吗？"

围观诸公互通了下眼色，那络腮胡老者又道："老妹妹，你怕是遇上鬼了都不知。梁氏和她那个短命闺女，确是埋在了一处。"

"可，"冯媪还是不信，"昨日我还遇上了董大人的父母，他们正在梁氏那里夺主妇祭祖的用具呐！"

众人听罢这话竟一脸恐惧，老者把冯媪拉离董宅门前，低声道："老妹妹别乱说了，董大人父母也早死了！"

冯媪一听这话，手里的胡饼几乎掉在地上，她忙伸手去抓，又觉得胡饼突然冷得如石片一般，一下不知如何是好。老者问道："你啊，到底在哪里碰上了梁氏？"

"舒州……"冯媪咽了口唾沫道，"牧，牧犊墅。"

"嗨，"老者恍然大悟的样子，"那就是董家祖坟嘛！那老两口是不是一瘦一胖？记得那董家老爷是个瘪嘴，一脸凶相。”

“正是，正是！”冯媪一边点头一边冷汗出到脚底心。她怀里的两张胡饼如今像千斤重铁一般，让她一动都不敢动了。老者还要说些什么，不想从董宅突然冲出些穿红衣服的家丁，气势汹汹地来到冯媪跟前，三两下拧了她的老胳膊，那两张胡饼便啪啪落在地上。冯媪全不知怎么回事，又惊又惧，只听有领头的喝道：“谁给你胆子在董府前妖言惑众？”

冯媪盯着那裹了灰的胡饼，吓得哭将起来：“我，我说的也都是实话啊。”

“实话个狗屁！”那领头的招呼左右挟了轻飘飘的冯媪往县外而去。络腮胡老者也吓得跌坐在地，众人赶紧上前扶起。迷迷糊糊间，这老者听到有人说，董大人恨那老太的妖言，要驱她出桐城；也有人说，不识相的老婆子分明就是坏人好事，败人兴致。

约莫又过了一个时辰，络腮胡老者总算缓过神来，看热闹的众人也渐渐恢复了闹亲的好心情。黄昏时分，敲锣打鼓的接亲队伍浩荡而来，络腮胡老人家随着闹亲的乡里一起涌入敞阔的董宅。新妇从长辈手中接过主妇祭祖用的那筐东西时，老人家特意多看了一眼。

那可真是一筐旧物，与满院子的新，格格不入。

纸梳

唐大历初年，范阳有位行舟的浪游人，名叫卢收。此人好色且贪财，因样貌丑陋，偶感自卑，行事还算收敛。而与卢收一起同游的太原人王垂，却是个长相俊俏的小生，十足一个浪荡子。

这一日，卢收命船夫扬了帆，一个人靠在船舷上等船开。王垂却站在岸上与脸颊绯红的小娘子闹笑个没完。卢收看着王垂的得意劲儿，暗生恼火，真想甩了他独自行船，可王垂这时轻健地跑上来，那俊俏的涎皮模样又让人觉得可爱。罢了，罢了，卢收常年在淮浙一带浪游，他也明白若没有王垂这样的浪荡子同行，自己不知要失掉多少乐趣。卢收于是收拾心情，摆开茶桌，与王垂对坐笑谈，不觉间，半日已过。船行至石门驿，水声潺潺，卢收意兴阑珊，忽见岸上一容色姝丽的妇人，独自立在一棵树冠硕大的樟树下。卢收起身走向船首，杯中茶轻轻晃出，洒在王垂的脚面上。

王垂扭身跟上，见那妇人不仅容貌甚佳，更衣着华丽，薄薄的肩膀上纱罗翻飞，胸前系一绛色大带，大带以下是贵妇人才穿得起的长花笼裙，裙上的金丝线明明灭灭，勾勒着妇人的腰肢……

王垂和卢收看得眼直，直到卢收把目光落在妇人肩上绣有团花的锦

舱内站着的还是那个穿花笼裙、薄纱罗的妇人，白日里净白的脸上没了鼻子和嘴唇，却长有四只脓黄眼睛。她四肢肥壮，头颅硕大，浑身黑皮并结有让人作呕的斑块，还莫名有腥臭黄汤裹身，走动时，黄汤便大摊大摊落在船板之上。

绣包袱上。

“天就要擦黑，小娘子竟一人独行……”卢收自言自语着。

“卢兄，老规矩，”王垂笑笑，“人归我，包袱里的财物归你，如何？”

卢收心里不悦，本想回一句“凭甚”，却立刻想到自己并没有什么勾引妇人的好功夫，便不作声地点了点头。他命人停了船棹，任船悠悠停在岸边。如二人所料，那妇人果然迈开步子，急急走上前来，向着站在船首的王垂问道：“敢问郎君这船开往何处？可容我借舟行上一程？”

王垂不答，嗒嗒几步跳下船板，走到妇人跟前柔声问：“娘子想去何处？”

妇人一副疲累模样，抬眼看向王垂，嘤嘤弱弱地说道：“嘉兴。夫君病在那里，想去看一看。”妇人说完这话，朝自己裙下双足一瞥，“就是刚不小心绊了脚，足痛得实在无法走了……”

“我们刚好要到嘉兴去，”卢收竟也下了船，鲁莽地凑到妇人跟前，妇人慌忙后退。王垂面有不悦，拉开卢收道，“正是，船上没别人，可送你去看夫君。”

妇人于是紧紧攥住肩上的包袱，随二人走上甲板，卢收命船夫摆开船棹离开石门驿。舟行大江中，月色清亮无比，照在妇人半露的胸上。卢收可不像王垂那般有耐心，趁王垂取琴的功夫，他径自上前搂了妇人，强吻一口。妇人一声惊呼，挣扎着钻入船舱，卢收还要跟去，却被王垂挡在舱外。

王垂朝心急的卢收使着眼色，却听那妇人在舱内正色道：“看你二人仪貌堂堂，似是正人君子，我才请你们帮忙，怎么，”妇人挑高声量，“竟也是不正经的烂蛆吗？”

妇人气势汹汹说出这话，卢收竟意外觉得面红羞惭起来。王垂把卢收拉到一旁，耳语道：“卢兄何故出尔反尔？我可掂量过了，她那包袱重极了，装的肯定是黄金。你待我办了她，自去取那包袱不好吗？”

卢收听了这话，也自知鲁莽了，便蹲坐舱外，不再说话。王垂使出一贯伎俩，盘膝抚琴，乐声和着江水拍击船体的声响，竟让一个登徒子的求欢有了些磊落意味。卢收看到刚刚还怒不可遏的妇人这会子神情软媚起来，她的秋波样的目光，频频朝抚琴的王垂投来。卢收在旁侧都被这目光揉捏得心意振奋，王垂却不为所动，只抬头朝那妇人看上一眼，轻声道：“娘子可懂抚琴么？”

妇人颔首，应道：“儿时学过一点。”

王垂于是起身朝舱里去了，卢收望见王垂把琴安放在妇人膝上。妇人抬起手，自如地拨弄琴弦，泠然弹奏一曲《轸泛弄》。乐音幽幽流出船舱，就如山泉般清冽。卢收有些迷醉，隐约听到王垂似也发自真心地赞叹道：“我从未听过这么好听的小曲，人都道卓文君擅琴技，却唯有娘子知道承其真心。”

妇人的眼睛似起了云波，脉脉看向王垂：“郎君说笑，若没有司马相如的深情，文君哪里弹得出真心？”

王垂听了这话，心上起了波动。他捉了妇人的小手，一把将这惹人疼爱的妙妇人搂进怀里，妇人也毫不怕羞，颇为主动地亲吻王垂。两人稍事亲和，又相互偎坐说起真心话来。王垂惊讶地发现，这岸上捡来的小娘子不仅生得娇艳，言谈更是诙谐有趣，甚至颇有见地。临到半夜，妇人摘下鬓间一枚银鎏金梳，放在王垂手心，郑重说道：“妾愿生生世世与君纠缠。”

王垂听了这话，心里咯噔一下，但妇人鬓发垂落的模样实在让他心旌摇曳，爱不能持，索性放下舱帘，关了舱门，自去和美妇人欢爱。卢收被隔绝在外，只能混着夜风疾厉，和着水声寂寞，听上舱内一两耳的欢愉。卢收自是羡慕极了，但也知无奈何。等到二人闹累睡去，卢收才鬼鬼祟祟推开舱门，去取属于他的东西。

月光稍稍透过舱顶射了下来，卢收俯身爬行，爬过王垂的衣衫和那妇人丢在船板上的纱罗和花笼裙。一阵胭脂香气扑来，卢收禁不住抬头去看榻上的场面，只见二人裸身缱绻，胶合一处。卢收在妇人身侧摸到了那个锦绣包袱，他蹑手蹑脚地把包袱搂过来，打开一探，登时眼呆。

包袱里哪有什么黄金，尽是人骨骷髅！

卢收倒吸一口凉气，恍然明白，此妇人定是妖怪幻化无疑。他搂着包袱的手抖了起来，包袱里面发出人骨撞击的声响，卢收忙把包袱推回原处，警告自己万不可声张，惊了那妖怪。他转身朝舱外爬去，及至门口，又回头看一眼王垂，只觉他酣睡的脸上如今已是一脸死相。

好不容易挨到天明，卢收想把实情告诉王垂，怎奈他和妇人腻在一处，卢收完全没有机会。日头升到头顶，船行至江浦驿，妇人看到岸上有人卖鲜果，便到岸上去买。卢收总算逮到机会，一脸恐怖地对王垂说了昨夜之事。

不想王垂却把玩着妇人赠予的银鎏金梳，调侃道："卢兄编这种话出来，看来是非要拆散我们。要不这样，快到嘉兴的时候，我把她让给你，玩过了，我们甩了她就是。"

卢收听了这话，怒极，索性拉着王垂来到船舱，取了那妇人的包袱，塞到王垂怀里道："嘉兴？到嘉兴去见阎王吗？你，你自己看看！"

王垂一副玩世不恭的样子打开包袱，却被眼前的骷髅骇到失语。卢收眼见妇人买了桃子登上船板，赶紧把包袱摆回原处。

王垂一身冷汗，抓着卢收的胳膊问道："我们该，该怎么办？"

卢收掀起榻上的竹垫，疾言："赶紧，你先藏这下面。"

王垂一刻不敢耽搁，浑身软塌塌地窝到垫下，卢收盖好起身时，那妇人已抱着几颗饱满的桃子走进舱来。

妇人四下看着，问道，“王郎在何处？怎么哪里都找不到他？”

卢收强装镇定坐下，斜眼瞥一眼妇人：“下船了。”

“下船了？”妇人眉头一皱，“下船到哪里去？”

卢收撇撇嘴：“这谁知道，天南海北的，他那么俊俏的男子，自然是去找更漂亮的娘子去了。”

妇人闻此大怒，摔下怀里的桃子，转身就要去追王垂，卢收却拉住她，把那个沉甸甸的锦绣包袱塞到她手里。妇人咬着嘴唇，一时竟面红耳赤，背了包袱奔下船去。卢收看着妇人在岸上奔跑的轻盈背影，一边招呼船夫快快开船，一边把憋得满脸通红的王垂从榻下拉出。两人不敢放松，与船夫一道奋力弄棹疾行，船行至数十里外，没见什么东西跟来，才敢稍微歇上一歇。

这夜，卢收把船划至河湾区，藏在大船小舟之间。听着各船之上众人的呼喝玩笑，王垂心上又轻松起来，笑问：“你说那女妖怪会不会真心爱我？”

卢收白他一眼，冷笑道：“你大可以回岸上找她。看你二人昨日的快活劲儿，我觉得她不会轻易放过你。”

“诶——卢兄莫要再吓我。”王垂起身看向各船灯火，颇有兴致地说道，“咱们该到别的船上看看去，说不定有比那女妖怪更好看的娘子呢。”

“王兄可真是不怕死，”卢收再次掀起榻上的竹垫子，道，“以防万一，我劝你今夜还是藏到这下面来。”

王垂毫不在意地摆摆手，径直走出船舱寻热闹去了。卢收无奈何，怀着疑惧先行睡下。到了半夜，王垂终于摸了回来，在卢收身侧躺下。卢收本以为此夜可安然睡去了，可没过半个时辰，便闻到舱内一股腥臭之味，卢收睁眼一瞧，直吓得丢了魂魄。

舱内站着的还是那个穿花笼裙、薄纱罗的妇人，白日里净白的脸上没了鼻子和嘴唇，却长有四只脓黄眼睛。她四肢肥壮，头颅硕大，浑身黑皮并结有让人作呕的斑块，还莫名有腥臭黄汤裹身，走动时，黄汤便大摊大摊落在船板之上。卢收一动不敢动，只见那妖怪抬起衣袖，突然伸出长有黄毛的长爪，一把攥住王垂的头顶盖，生生要把他的脑袋拽下来。酒醉昏睡的王垂这时终于惊醒，不及呼喊一声，那妖怪便忽地张开大口，一下噙住王垂的头颅，撕咬啃噬起来。

卢收惊惧万分，终于跳起，冲出船舱拼命大喊。本已熄了灯的各船户被卢收的喊声惊醒，一齐掩着鼻，举着火把赶来。那妖怪后眼翻动，似颇畏惧火光，她仓皇吐出王垂残破的头，冲过人群直跃入水中。巨大的水花让附近数艘船都振荡难平。卢收忙去瞧腥臭难当的王垂，只见那往昔的美男子如今成了没了鼻耳，眼珠尽碎，全脸无一处好模样的可怖怪物。众人心惊胆战，谁都不敢靠近，这夜船上寂寂，只听得到王垂可怖的呻吟。

残喘月余，王垂还是死在了这条船上。卢收为他收尸时，瞥见竹席上竟有一把纸梳。卢收忆起，王垂曾拿在手里把玩一把银鎏金梳，还说那是美妇人赠予他的定情物。

唉，不过纸做的啊。卢收连连叹气，连人带梳尽数烧了。料理过王垂的丧事，卢收卖船上岸，没人打听他的去处。

摩睺罗

宋姑娘素来贪恋白日里的好时光，今日却亟盼着天黑。

东院舅父一家，前日到平江府（今苏州）游湖去了，表哥传了信说搭黑回来，可宋姑娘立在巷口左等右盼，就是不见车马的影子。

不知情的或许会笑宋姑娘情窦初开，以为她这般心焦为的是她的表哥。可宋姑娘不承认这个，她等的是表哥允诺给她的，只有平江府的匠人才能捏出的最漂亮的摩睺罗。

这摩睺罗在民间也唤作泥孩儿，是一种细泥烧的泥制玩偶，因平江府制的泥孩儿比别处更精巧动人，又常敷施金粉，或饰以金珠牙翠，价值不菲。靖康耻后，随北人南迁，盛行于汴京的摩睺罗们渐渐成了临安人的新宠。如今凡到平安府嬉游的，贵贱都要带回几个泥孩儿，送给邻舍亲友。

在舅父一家行前，宋姑娘就央了表哥，要他一定带回个最俊的摩睺罗。这夜深得沉了，舅父一家总算踢踢踏踏地归来。宋姑娘又端坐屋内好久，表哥才笃笃地敲了西院的门，递给她一个三寸长的摩睺罗，并唤它作“压被孩儿”。

宋姑娘接了这金粉缠身的泥孩儿，看它着敞怀薄衣，眉清目秀，身体起伏有致，煞是可人，当晚便搂着它入被了。此后，宋姑娘白日里把摩睺罗安放在床屏彩桥之上，夜里便小心拿下抚着共寝。东院姐妹们都笑话宋表妹恋上了泥人偶，表哥替她争辩，她却觉得无什么所谓，每日只更沉迷金光闪闪的摩睺罗了。

就这样，宋姑娘多了些异趣的闺房生活。由初春转至夏末，一日正午，宋姑娘靠在榻上小憩，迷蒙间听到有人在耳畔念诗："绣被长年劳转展，香帏还许暂偎随。"

宋姑娘睁开眼睛，屋内却仍只她一人。许是梦里情形吧，宋姑娘留恋那念诗的声音，旋即又合上眼睛。到了夜晚，宋姑娘如从前一样抱着她的压被孩儿睡去，刚入睡不久却忽又听到午间那句诗，清清楚楚地，在她耳边响起。

宋姑娘惊觉坐起，在月夜朦胧里睁大眼睛，见一少年模样的人正缓步靠近她的帐子。宋姑娘瑟缩着窝身床角，那少年却轻掀帐帏，温柔地将盈盈有光的手抚在她肩上。

温的，稍热的。宋姑娘凝神看着这俊美少年，听到他说："姑娘别怕。我住这附近，偶见姑娘美仪，思慕甚久。今夜因为太渴念了，以致神魂离了身，不及叩门便到了你的房中。"

宋姑娘的眼里倒是没了恐惧，她探身看门窗确是锁闭如故，便又回身挨着少年半依偎着。宋姑娘当然是知羞臊的，但私心又猜这少年必是月下什么神祇，毕竟她从没见过世上有哪个男子能生得如此清白好看。于是宋姑娘全身心地偎在少年敞露的怀里，在月的辉光中，如旧的故事里说的那般，共赴云雨。

天微亮的时候，少年终于离开宋姑娘的绣被，恋恋不舍地离去。临走，他从臂上取下一枚金环，赠予爱人，算是私定终身。宋姑娘抚着金环，实在宝贝极了。她用锦绣帕子将定情物包了又包，藏入衣箱。此后几日，她夜夜等那少年来到账外，却总不见他白盈盈的身影。她的表哥终于发现她的精神日渐昏聩了，便关切地询问起来。宋姑娘这才嗫嚅着说起月下神造访的事情。表哥羞怒了，要她取金环来。宋姑娘便到衣箱深处去摸，却只摸出揉碎的一团。她急急散开帕子一看，那金环早已化作一摊碎土。

宋姑娘的心惊悸了，似乎想起了什么，着了疯魔般，去枕边摸她的压被孩儿。

果然，摩睺罗臂上的金环不见了，竟是碎在了她的帕中。哎，那夜终身相许的，竟是一摊泥吗？

宋姑娘瞪着她的表哥，仿佛竟是送这玩意儿的表哥，给自己带来这样的羞辱。

表哥却不知表妹为何从此怨恨他了。他只看到宋表妹是如此狠绝地砸碎了她的摩睺罗，并奔至河岸，扬洒尽那些碎土。

汴州祸事

汴州崔氏入洛阳木慈庵已有半年，她每日枯坐佛前，神色较刚来时还要惊惶枯槁。若不是勉强有件尼姑袍子遮掩，她那皮包骨头的模样，任谁看了都要吃上一吓。尽管崔氏入庵后便如同哑人，可木慈庵上下都晓得，这半老崔氏来到嵩山出家，不是为了修行，却是躲避祸事。

此桩祸事早已盛传汴州与洛阳，而这祸端，却要从大唐开元二十五年说起。

那时的崔氏正当嫁娶妙龄。作为晋州刺史柳涣的亲外孙女，前来求亲的男子络绎不绝。而在这长长的求亲队伍里，崔氏独看中的是来自扶风的窦凝。此人年纪稍长，看上去很是沉稳，对崔氏也百般爱护。每每窦凝伸手去拉崔家小姐的手时，崔氏都不躲，窦凝便也明晓了这位千金小姐的心意，忙不迭地催促媒人，张罗聘礼。然而真到了下聘之时，崔氏却躲入闺房，不愿见心上人了。窦凝不知何意，急忙向崔家父母求教，二老也不挑明，绕了好一会儿窦凝才闹明白，崔家小姐是对他有旧妾，且旧妾已怀有身孕之事心生芥蒂。

“这不难。”窦凝向崔家二老保证道，“令爱既然不愿意，我先去

朱门启了一半，窦凝便看到门外站着一盛装浓饰的妇人，在正午的阳光下阴沉沉站着，窦凝定睛观之，大骇，门外正是他填腹沉江的旧妾云娘。云娘也不看他，只轻启朱门，贴上前来，道：『与君久别，不知窦郎如今安否？』

遣了家中那位便是。”

崔父听罢慎重地点了点头，算是应允。

窦凝回到住处，提笔写信给扶风窦宅，要家人送他的妾云娘即刻赶赴汴州。云娘得此消息，以为窦凝惹下什么祸事，也不顾腹中胎儿随时可能临盆，一路颠簸，焦急而来。及至汴州，云娘看到窦郎在房中安坐，这才放下心来。而窦凝看着手扶大肚的妾笑盈盈朝他走来，想的却是较之崔氏，云娘实在色衰可厌，满面粗黄。窦凝明白，以云娘的执拗性格，若此时遣了她，日后定要给他找上不少麻烦，于是他下定决心，甜言哄骗云娘跟他前往附近的宋州，他要在那里结果了她。

然而乘船前往宋州的路上，云娘见了红。窦凝把船停在车道口附近，找了个产婆上船接生。这夜，云娘嘶破了喉咙，生下两个女儿。产婆把孩子抱出朝窦凝报喜，窦凝不知何喜之有，心下实在失望，失望中又颇有些庆幸地想到，这婆娘生的还好不是儿子。窦凝急急打发产婆下船，扬帆回到江上。到了江上寂寥、岸上无人的僻静处，窦凝便抱着那一双襁褓来到云娘榻前。

云娘的肚皮半瘪了下去，一脸蜡黄地躺在狼藉的榻上。她的血污腻在麻布床单、床帏和两腿之间，窦凝若不是听到云娘微弱的呻吟声，恍惚以为她已经咽气死了。想到自己必须亲手结果了这没用的丑妇，窦凝甚至埋怨起云娘不解人意。他掀起染血的被褥，紧紧捂盖在气若游丝的云娘脸上时，还在愤懑地想，这女人，为何就不能干脆点，难产死掉呢？

云娘的反抗几乎没什么声息。生下两个孩子已经耗尽了她全部的体力。窦凝看到云娘的手臂只是象征性地抬起，晃动，放下，微微抖了抖，便一动不再动了。窦凝没有把被褥从死去的云娘脸上扯下来，他掀起另一角，看到死人的双腿大岔开着，散发出难言的臭味。窦凝捋起袖子，把提前备在船上的沙石统统塞入死尸腹中，而襁褓中两个哭闹的女婴，窦凝也一手拽一个地，粗蛮塞回刚把她们生下来的，娘的腹中。

于是云娘的肚皮再次鼓了起来，极尖，极高，像是怀着个儿子。窦凝推开窗子，此一刻他除了能听到哗啦啦的水声，耳里再捕捉不到别的。窦凝驮了沉甸甸的云娘的身体，一举推过窗，只听扑通一声，旧妾便随他的两个女儿一齐沉到江底去了。窦凝气喘吁吁靠在窗边，想到自己竟没朝那两个女儿看上一眼，全不知她们到底长什么模样。

算了，他自顾自摇头，觉得也没什么要紧。较之马上就要娶进门的金枝，一妾二女的损失，对他来说，实在也不算什么。

翌日，窦凝理了衣裳，重梳发髻，直奔汴州崔府。崔氏听闻窦郎已遣去旧妾，这才脉脉点头，应允了窦凝。崔父在汴州为二人置下大宅，并为贤婿谋了份美差。二人欣欣然行过大礼。新婚之夜，崔氏躺在夫君怀里，蓦地想到先前同样躺在夫君怀里的那个女人，忍不住问道："夫君，可想念那一位？"

"哪一位？"窦凝昏昏然正要睡去，全不知崔氏问的什么。

"你在扶风的旧妾，"崔氏半抬起身子，直盯着窦凝道，"人家可有为你生下儿子？"

嗨。窦凝也半坐起来，搂新妇入怀，道："云娘福薄，她怀的是双胞女婴，刚生下来就双双断气了。"

听罢这话，崔氏不禁心上一沉，默不作声地思忖起"云娘"这个名字。良久，崔氏又摇醒入了梦境的窦凝，问道："云娘悲苦，你可有好生安置？"

窦凝不耐烦地点头道："早送回娘家去了，给的钱够她用上一辈子。"

崔氏这才稍稍放下心来。她自幼心高，备受父母和祖父宠爱，自是不愿与他人共侍一夫，这才硬要窦郎遣了妾室，方可与她成亲。可新婚之夜骤然听闻云娘被休，又失了孩子，崔氏难免不安，整夜合不上眼睛。窦郎倒是无牵挂，一宿酣睡。崔氏晨起梳妆，想到窦郎对旧人的无情，颇感心惊，可听蒙眬睡醒的夫君喊她夫人时，便又有点欣悦于他的无情了。崔氏便再不去想与她无干的云娘，自在汴州过她的好日子。

这一转眼，十五年过去了。窦凝在汴州官运亨通，崔氏也备受夫君呵护，却怎奈她不过三十五便早早两鬓染霜。窦宅上下当然明白，崔氏这些年闷闷不乐，是因她曾生下三个儿子，悉数不能成活。眼下，唯有两个女儿机灵可爱，稍能吊一吊崔氏的精神。

永泰二年清明，崔氏照例去山中小住，陪伴亡儿。从山中归来这日，天上乱飞着细雨，打湿了窦宅门槛内侧的莲纹砖。崔氏小心走进屋子，脱去腻湿的外袍，看到窦凝立在一窄几旁，手上拿着一封书信，面色阴沉。崔氏便问道："夫君，何人来信？"

窦凝扭头看夫人，不答，只把信放到她手上。崔氏低头一看，纸上字迹飘忽，细瞧，上面写的是："吾儿，月末便是你的大限。"

崔氏心里一个咯噔，看向窦凝："这是……"

"亡父。"窦凝指着信上落款说道。崔氏闻此大惊，却还是定了定神，继续看信："你枉杀人命一事已全败露。眼下当务之急，是抓紧时间料理身后事。你那长女贤惠得体，尽快嫁给汴州参军崔延；幼女美貌聪慧，就许给前开封尉李驲吧。若我孙女二人能嫁与这两户好人家，你当无憾。勿犹疑，速去。"

崔氏阅毕，浑身颤抖，她紧捉着窦凝的胳膊，问道："窦郎，这信什么意思？枉杀人命……你杀了谁？怎么会有这样的东西寄到我们家呢？"

窦凝把惊慌的夫人扶到凳前，按她坐下，笑道："你啊，遇事就乱，迷失心智。”

“可这信上，”崔氏举着手中的信，瞪着夫君，“这是你亡父托的信，还将我们女儿的事说得这样具体，必是有什么缘由啊！”

“能有什么缘由？”窦凝把信夺下，三两下团起，扔出窗外，道，“什么亡父，不过鬼狐捉弄人罢了。你想想看，女儿们还小，你还真要把她们嫁给什么老头子参军不成？”

窦凝这样一说，崔氏也觉出些蹊跷。夫君又安抚她一番，自去会客。崔氏一人来到窗下，想寻那张来历不明的信笺，却怎么都找不到了。此去十日，眼看夫妻二人就要忘却这桩怪事，崔氏却忽又在桌上看到一封书信，打开一看，上面写道：“糊涂！危亡之兆都告诉你了，你怎毫无反应？”

崔氏胸中轰轰然，忙到前厅寻夫君。窦凝此刻仰头望着前厅新造的藻井，对汴州近来流行的斜纹方格造型，正啧啧赞叹个不停。崔氏把信抻开，放在窦凝眼前，窦凝仍同前次一样，一脸不信又不屑的样子。这日夜里，女儿们也听说了死去祖父来信之事，追着崔氏问个不停。崔氏看着两个女儿的天真笑颜，一霎想到“云娘”这名字，想到那女人也曾生下两个女儿，她们一出生便死了……

崔氏心惊得嘴唇煞白，她勉强安顿下两个女儿，直奔书房，冲着窦凝急问道：“窦郎，你到底，到底是如何安置云娘的？”

窦凝自接了那封不明来信，便在狐疑，是否当年杀妾沉女之事败露，让歹人捉到了什么把柄。今日又见所谓亡父信，更是心虚，崔氏却突闯进来这般发问，着实把窦凝吓得身子一震，很失体面，他恼极大怒道：“遣了，遣了！不是听了你的，遣她回娘家了吗！”

窦凝说完，崔氏呆愣原地，一时竟不知如何回嘴。窦凝瞪她一眼，大步迈出书房。这夜窦凝没有回房来睡，崔氏睁着眼睛，实在不能不想到一些往事。想到自己接连死去的三个儿子，如遭剜心之痛，抽泣不能止。破晓时分，崔氏终于曚昽有了睡意，却见夫君穿着松垮的衣衫，三两步跨入屋内，坐在榻前，面色苍白，一声也不言语。

崔氏支起身子要问，目光忽落在窦凝手边的一封信上。

“新的？”崔氏睡意全无，打开信笺。

窦凝点了点头，只感到有冷汗顺脖颈流过背脊。

“我爹这次说得很是哀切。”窦凝盯着信纸上“祸起旦夕”四字，咽了口干唾沫道，“他说就是这两天了。”

崔氏也盯着那四字，全不能理解的样子，盯着窦凝：“夫君，你老实告诉我，你到底做过什么孽？”

窦凝轻轻摇头，继而站起，背过身去。

“都这时候了，窦郎你还要瞒我不成？”崔氏就要哭将起来，“是云娘，是云娘对不对？”崔氏来到窦凝跟前，搂着他的臂膀，殷切说道，“若真是亏欠了云娘，我们想办法弥补就是，或许，或许能避开这次的祸事？”

窦凝看妻这般真挚，却还是无法开口，说出当年为娶她而残杀云娘母女的事情。他摇头，极不耐烦地甩开崔氏的手，来回踱了几步，径自躺在榻上，合上眼又一声不吭了。崔氏心急又无任何办法，只好同窦凝一道，悬着心过日子。

到了五月十六日正午，窦宅一家人正昏昏午睡，门外忽响起一阵急切的敲门声，笃笃笃，全敲在窦凝悬虚的心上。窦凝起身从卧房走向门口，却不见有小厮奴婢在侧，只好亲自去开门。朱门启了一半，窦凝便看到门外站着一盛装浓饰的妇人，在正午的阳光下阴沉沉站着，窦凝定睛观之，大骇，门外正是他填腹沉江的旧妾云娘。云娘也不看他，只轻启朱门，贴上前来，道：“与君久别，不知窦郎如今安否？”

窦凝惊惧万分，哪里还有心思与死去故人寒暄？他号叫着奔入宅内，找了个隐蔽处抖抖索索地藏了起来。崔氏听院内有凄厉之声，赶忙冲出，见一阴沉女子亭亭立于庭院正中。崔氏知不祥，扶墙喝问：“你是谁？”

云娘敛容行礼，道：“夫人，我便是窦郎旧妾，枉死鬼云娘。”

枉死鬼，云娘……

崔氏这下全明白了，想到从前种种，只觉当头一棒，几欲昏厥，却听那鬼不疾不徐地继续说道：“十五年前，你二人要结亲，窦凝便把我从扶风骗来，在车道口将刚生下两个女儿的我残忍杀害。我自问从未有负于他，他却这般对我。我是个贱妇，死不足惜，可怜我好不容易生下一双漂亮女儿，也丝毫不能引起他的怜悯。他竟连石带沙，将新生的孩子一齐塞回我的腹中，”云娘说到此处，浑身颤抖，神情凄绝，“崔氏，我女儿至今还沉在冰冷的江底。”

天。崔氏早已不能支撑自己，听到此处更是浑身无力，瘫倒在地。云娘呼啸移来，冷冰冰地唾道：“窦家夫人，你不要怕我。我上下求告十五载，天帝总算降下恩旨，准我复仇，但我只取窦凝狗命，你，让开就是。”

崔氏却一把擒住云娘冰柱般的脚脖子，悲惶地求道：“云娘，我从不知窦郎竟做下此等恶事，他实在该死。可他毕竟是我夫君，也曾是你夫君啊，云娘。”崔氏声泪俱下，“我愿以功德为他赎罪，可否饶他一命？”

云娘抹着胭脂的脸霎时煞白，她踢开崔氏，凄厉大笑：“若我此刻杀你，日后以功德补偿，你道如何？窦凝一命就够了，我不要你的功德，我也从未听过，功德还能抵人命的。”云娘恶狠狠说完这话，便移踵入室，舞袖作法。只见屋内桌椅箱柜尽数飞升，龟缩其间的窦凝也被抛至屋顶。云娘跃起一把擒住他，大骂道："天网不漏，你狐伏鼠窜又有何用？"

窦凝哭喊求饶，还欲挣脱，云娘张开大口，露出獠牙利齿，咬住窦凝的脖子，一时间红血飘出，倾泻半肩。窦凝惊惧奔逃，却一次次被厉鬼擒住，剥皮啃撕，血肉模糊。晨曦渐起，云娘咀嚼着窦凝的半个眼珠，飘忽离去，临走还不忘恐吓崔氏道："别让他死，我日日都要来折磨他。"

崔氏已哭喊得没了声息，只垂泪点头。全宅上下被厉鬼监禁，无人敢出窦宅半步。就这样，一日，两日，三日，云娘每日正午便忽至庭院，或她本来模样，或变青面獠牙的恶鬼，又或作可怖妖怪，幻化无常，啃食着窦凝的肢体。他的断指、鼻头、耳朵，散落庭院各处，举家骇异至极。崔氏把两个女儿秘密藏起，却还是被云娘发现。崔氏只能眼睁睁看着两个女儿被恶鬼拽出屋阁，狠狠虐打。崔氏苦不堪言，想起那三封书信，痛悔当初没听信上劝告，早早把两个女儿嫁出去，躲过这场祸事。

一日晌午，窦宅外突然来了位高僧，号曰昙亮，因听闻窦凝府上招了恶鬼，特来查勘。窦家上下仿佛看到救星，忙把高僧请入宅内。昙亮虽擅捉鬼，可窦宅内的惨绝景象，尤其是窦凝那残缺不整的非人模样，还是大大出他意料。昙亮知此鬼凄厉非常，不敢耽搁，速速设下法坛，不一会儿便看到女鬼来到门外，犹疑着不敢迈上台阶。

昙亮稳坐阁内，喝道："堂下恶鬼，鬼道、人道不同，不容你来干扰。速速离去，否则我召大法金刚，顷刻让你碎为齑粉。"

没想到那女鬼闻此却一脚踩在台阶上，稳步上前，边走边辩道："你这和尚，本该平心理佛，弘扬正义，如今为何偏颇为贼，遮掩此等人间孽事？窦凝枉杀我与孩儿，鬼道人道，他皆该死，何来干扰？再者，我也是奉了天帝诏命，前来寻仇。怎么，大法金刚还敢私杀我这个蒙冤受屈者吗？”

此话说完，云娘便跃入屋阁，撞开昙亮，自去取了破碎的窦凝，在他的一片哀叫声中，如常折磨着他。崔氏一看无法解救夫君，只好偷偷求昙亮道：“大师可怜我窦家，为我两个女儿做个媒可好？”

不想这话被云娘听去，她鄙夷笑道：“和尚做媒，大师，你倒不觉得丢脸吗？”

昙亮听了这话，更是羞惭，便甩甩衣袖，仓皇逃出窦宅。崔氏无法，可为了救下两个如花女儿，只好打起精神，与厉鬼周旋。她趁云娘不在，修书一封给娘家叔伯，请求他们按窦郎亡父指示，说动汴州参军崔延和开封尉李驲前来聘娶她的两个女儿。不出半月，门外果有花轿上门，崔氏赶紧送了女儿们上轿，为救下她们，暗自庆幸。却没想到云娘听闻窦家二女遁逃出嫁，毫无所谓，只对崔氏道：

“我早在她们脚上绑了索命绳。我女儿惨死，怎么，你女儿还能快活么？”

此后数年，果真有噩耗接连传来，崔氏的两个女儿相继惨死家中，崔氏求生不得，求死亦不能。每欲自尽，云娘都宛转救活，这鬼要让她生生活下去，去看窦宅丧乱如野坟，去看她的窦郎身中鬼毒，行尸走肉一般，每日只知啃食自身，忽而入水火，又忽而食粪秽。又过数年，窦凝终至肌肤焦烂，内脏生蛆，惨死崔氏怀中。

窦凝既死，云娘也再不来了。崔氏看尽了人间惨象，痴傻不能言语。高僧昙亮一日路过窦宅，看一枯鬼模样的老妇匍匐在宅内，饥饿不能动，却尚有气息。昙亮入门扶起一看，才认出正是当年求他为女儿说媒的崔氏。昙亮心有不忍，便喂崔氏一些吃食，带她离了汴州，送入洛阳木慈庵安养。于是崔氏靠着和尚的一念慈悲，勉强活了下来。她已呆哑，却还是听得出来往诸位咄咄说起的那桩汴州祸事。

冤有头啊。崔氏总在这时，从喉咙里挤出微弱的颤音。

她明白的，云娘绝不肯让她死。

板面孔的妻

汉末时期，群雄争霸，处处似都是逐鹿之战。然着眼任一寻常人家，便知普通百姓每日只为性命与口粮担忧，人的精神只是衰疲下去，甚至都没气力去操办一场体面的婚礼。那年月，简单易施行的拜时婚引领风气，在兵家必争的彭城，什么说媒下聘，迎亲拜堂，尽是费时耗银的废仪，确是不如盖块红布，直接拉入洞房来得省事实在。

彭城男子刘大与妻子窦氏刚举办过这样一场拜时婚。掀开妻的红盖头，刘大对窦氏的容貌虽说不上满意，但也没觉得太丑。让他真正犯难的是窦氏那副死板的灰白面孔，不仅没一丝娇俏劲儿，嘴上也没有能哄人高兴的功夫，专拣他不爱听的话说。

起初，刘大对窦氏还只是讨厌来着，可自遇上懂疼人的东舍娘子，刘大老远看到妻便能觉出痛恨来。先前窦氏拉长了脸来骂他，刘大每与东舍小娘快活后，还是会摸黑回到家里。可自某日后，刘大似揪到些了不得的东西，从此踏实了心在外夜宿，全无所谓了。

记得那日夜深，东舍小娘还在刘大怀里催他回家来着，刘大却阴阳怪气地嗤笑了，道："你道我入夜时分，见着什么？"

小娘起身，棉被滑过胸脯。"什么？"

刘大搂过她，不知是怅然还是释然地说道："我那妻，她也知道快活哩！"

小娘扭过脸来，有些惊异，听刘大继续说道："刚一入夜，她就鬼鬼祟祟出门了，赶我出门还没见回来。你说，她能上哪儿去？"

小娘噤声摇头，像是不知如何应答似的，只埋了脸在情郎阔的肩窝。

此后月余，每到入夜时分，刘大都能看到妻窦氏的身影在后院躲躲闪闪，极为轻快地转过后门，不知往哪处地方快活。刘大见着也无所谓，反而觉出轻松。他从此大摇大摆出入东舍，与那小娘狎浪至正午，再趿拉一双松垮的套鞋回家，与板面孔的妻吃上顿午饭。两人总是对坐无言，刘大毫无不适，甚至偶尔感到欣慰，毕竟他们二人对这桩潦草的婚事竟有此等默契，吹嘘出去，也属彭城罕见。

刘大简直自豪了，如此处夫妻还能相安的，全天下也没多少。

可沉默的好时光，在一日午饭时突然被阴沉沉的妻打破了。

"刘大。"正扒拉饭食的刘大猛地心惊，抬起眼来，看到窦氏的上下两瓣薄唇在翕动。她还是一副灰白面孔，道："你不肯一日住在家里么？"

刘大艰难地咽下干燥的米饭，觉得这话有些刺嗓子，呲道："你每晚不也不在家么，"他的喉管鼓起来，喷着几颗米粒，"你说得着我么……"

"我每晚都在家，"窦氏用筷子点着碗底，注视着刘大的眼睛，嘴上吐出一小片没脱尽的谷壳，"我入夜后，从未出过你刘家的门。"

"没出过……"刘大艰难的咀嚼停止了，"我亲眼看到——"

"你亲眼看到的是人家想让你看到的。"窦氏起身，把刘大还未食尽的碗盘摞起，瞥一眼她的夫君，嗔道，“总归是你先有了异心，人家才能轻易迷惑你这七尺汉。”

“这是什么意思？”刘大皱起眉头，“你说的，哪个人家？”

窦氏从刘大手里拽下木筷，与自己的筷子合拢一处，用了力气，白他一眼：“今晚人家再从你眼前过时，你且抱紧了那东西，用火一照便知。”

说完这话，窦氏便攥着筷子，端着碗碟到灶间去了。刘大疑惑地看着妻子的背影，不知她葫芦里究竟卖上了什么药。

稀里糊涂挨到入夜，刘大靠在窗口紧盯着后院方向，见窦氏又如从前一样，形态迟疑地打窗前走过。刘大疾步走到门口，憋了口气，大喝一声：“站住！”

窦氏回头，刘大抱起胳膊，叱道：“上哪儿去？你不是每晚都不出门吗？”

窦氏嗫嚅着不答话，只楚楚看着刘大，全没了午间时咄咄逼人的模样。刘大甚至惊讶地发现，妻站在月光下的时候，她那灰白的脸上凭空还起了点娇粉之色。一瞬的怜爱之心不知何故升起，刘大只轻轻哼了一声，便转身回到屋里。门外窦氏犹豫着仍不跨过门槛，刘大望向她，只见她仿佛是被谁推了一把似的，趔趄着入了屋。刘大没想到她私会野汉竟会这般要紧，竟负气道：“今夜你我谁都别想出门。走——”他一把抓牢了妻的手腕子，连拥带抱地把她扔到榻上，然后呼哧呼哧地骑了上去，却又忽地停下来，低声逼问，“你倒是跟我说说，你每晚到底是到哪家会什么人？”

一向板着脸的窦氏听了这喝问，竟忽地娇柔起来，呜呜着就流下了发亮的眼泪。“大郎，你莫要生气。我去会的那位郎官，确乎是只有夜间才寻得到的。”

刘大听了这话，刚要唾这不要面孔的荡妇，却又听她呜咽道：“因那好心的郎官是夜里才敢现身的鬼魅。”

刘大迷惘了。“你好端端一妇人，为何要去寻那不干净的东西？”

窦氏的面孔绯红，赧然垂泪：“大郎你夜夜与那东舍女在一处，哪里知道我这妇人的寂寞事。我求鬼郎官，也无非是让他化成你的样子，日日与你拜堂，夜夜与你结亲。欺瞒住了自己，我才能活下去。”

说完这话，窦氏眼泪如小溪流，涕泗不能止。刘大看妻这般梨花带雨，美色更添数分，便一边抹了妻的眼泪，一边将她拥入怀里，羞惭极了。于是这夜，二人在还算艳新的房里相拥入眠。及至夜半，刘大影影绰绰地感到心绪乱了起来，睡意蒙眬间他忽地想起午间窦氏那灰白的死鱼面孔，再对比刚刚哭得粉红娇嫩的枕边人，顿时清醒过来。

妻她说什么来着？

她说那每晚出门的不是她。

刘大朝黑乎乎睡在旁边的那人看去，记起了窦氏午间的叮嘱，瑟缩地移到榻下。此人根本就不是我的妻，刘大意识到自己在黑暗中发着抖，他不能不想到妖狐鬼怪迷惑男子的种种情形，并联想到男人在这种艳情事里的可怕下场。他倒抽一口凉气，奔出屋去，嘶喊道：

“火——”他叫着，“给我火——”

没想到门外立着的正是又一位窦氏。她依然死板着面孔，眼白灼人，瞪一眼刘大，递给他一团烛火。刘大从未想到妻这严肃又僵硬的面孔，竟在此刻能给他这样的踏实感觉。两人入了卧房，举着烛火朝那躺在榻上安眠的“窦氏”照去，只见她惊恐醒来，刘大定睛一看，竟是他相好了足月的东舍娘子。

不及刘大开口问什么，只见妻把烛火又朝那小娘逼近，恐怖的一幕出现在二人眼前。东舍娘子流光的眼睛突然眦裂，樱桃小唇像被划开一般，血糊糊的拉到耳根，然后雪白的胸，软的胳膊，柔的腰肢，全都化作乌糟黏腻的一团，发出死湖才有的令人恶心的腥气。刘大掩着鼻，躲在窦氏身后。过了好一会儿，他才敢越过妻的肩头，向那床上死去的，偷望上一眼。

那是什么啊!

一尾二尺长的黑色鲤鱼死在血水里。刘大腹中翻滚，却没脸把那种难受吐将出来。他忍着，面对扭过身来白他一眼的妻。

人间鬼趣

南宋绍兴十年，福州秀才吴洪只身来到临安城求取功名，怎奈时运不济，放榜未中。吴秀才是个好脸面的，离乡时发下宏愿，不登金榜绝无脸归乡。如今金榜无名，他便只好闷闷留在临安，胡乱找了个教书活计，盘算着三年后再考，或许就不缺那么一点运气了。

转眼一年过去了，这一日，吴洪立在一间小学堂里，正大动肝火。学堂里的孩童都是大人们教训不了，才送来给他调教的。他们读书不用功，或听课时玩闹，或干脆耷拉着脑袋，一下下地打着瞌睡。吴洪正举着戒尺要发作，忽听得青布门帘上有铃声响起。

吴洪放下戒尺，细瞧这掀开门帘走进来的，不是别人，却是媒人王婆。吴洪初到临安时，就住在王婆家隔壁，自搬离那处住所，这一向也有大半年了。吴洪挥挥手，要不听话的学童们噤声，把王婆让到里间，道："多时未见，王婆婆，这一向可好？"

王婆笑得眼眉弯曲："好，好极。我现在搬到钱塘门去住，日子好过很多。"

"那真是极好。"吴洪请王婆坐下，她却硬要站着。吴洪笑说，"婆婆这身子骨一向硬朗，记得以前我们一道住沟沿，街坊们没有不害湿毒的，只有您什么事都没有。哎，婆婆今年高寿？”

“老妇我今年七十有五了。”王婆不时朝窗外窥一窥，笑说着，“还以为吴大官人这一向不照面，忘记我这个老媳妇了。不瞒你说，我可一直惦记着吴大官人。官人青春多少啊？”

“二十有二了。”

“呦。才二十有二？”王婆不禁拧了下眉，“我瞧着官人像三十大几，可见在这小学堂教书，费煞心神。少不得要一个小娘子来，伴你过生活咧。”

吴洪听了这话，笑笑，道王婆总算说到了她的本行。

王婆也不避讳，直言道：“我是与官人相熟，才专门到这里，给你说一桩好亲事的。”

吴洪不语，且听。

“我要给你介绍的这女子，生得好样貌，会写、会算，还会弹琴，出身大官府第，自有一千贯钱，还带着个陪嫁丫鬟。”

听着是门好亲事，吴洪动了心，转念一想，却又狐疑了起来。“这样好的女子，为何要许给我这样的穷教书匠呢？”

“怎个是穷教书匠？”王婆笑道，“吴大官人是最中人家心思的读书官人。小娘子与别家女子不同，府上不知多少人去求过亲了，有省、部、院里做官的，有内诸司当差的，也有门面铺席做买卖的，小娘子一个都看不中，说‘我只要嫁个读书官人’。”

“世上竟有这样好的女子，”吴洪喜得站起身来，也不去管外面闹翻天的学童了，朝王婆恭敬拜道，“小娘子如今在哪里？我能不能先去见她一面？”

“自然。”王婆引着吴秀才朝外间走，“小娘子因为会奏琴，人家都叫她李乐娘，现住在白雁池上一旧邻居家里。大官人见着小娘子要爱护的，她如今已没了爹娘，身边只有一个名叫锦儿的从嫁丫鬟。”

“婆婆说得是。本来爱护娘子，也是应当的。”吴洪来到外间学堂，宣布今日早放学，学童们“喏”了一声，便欢呼着奔出学堂。门帘掀起的时候，一个老妇从门前走过，王婆抓了吴大官人的胳膊，大惊喜：“真真是好缘分呐！”

吴洪不解其意，只见王婆三两步跨到门外，牵了那个过路的妇人进来，喜滋滋地介绍道：“大官人，这就是白雁池上的陈干娘，刚才跟你说的小娘子，就住陈干娘家里的。”

吴秀才听了这话，忙朝陈干娘作揖。王婆问陈干娘家里的小娘子可配给谁没有，陈干娘摇头，道出一箩筐的苦处：“这事情我提起就要急的。每天那么多好人家来求亲，小蹄子就是没一个看得上的。唉，执拗得很，口口声声，非要嫁个读书官人。”

“陈干娘，你看，我这里就有一个读书官人。”王婆朝吴洪一瞧，陈干娘顺着她的目光看去，上下打量起吴秀才：“可是这位官人？”

王婆点头，戳戳陈干娘的胳膊：“你道好也不好？”

“若是这位官人，”陈干娘满意地笑了，“那小蹄子必定满意哩。”

吴秀才听了这话，心下大喜，这就锁了学堂，陪着两个老妇到街上吃酒。席间，王婆从陈干娘处觅了李乐娘的帖子，陈干娘答应五日后带小娘子和从嫁丫鬟来梅家桥下酒店，给王婆和吴秀才过过眼。

到了见面这日，吴秀才从里到外都换上新衣，雀跃地走到梅家桥下，见王婆早立在酒店门口，一副好事将成的喜庆样子。两人一道入了酒店，行至楼上，却只见陈干娘一个笑盈盈走上前来。

“小娘子呢？”吴秀才迫不及待，想见一见他未来的妻。

陈干娘朝身后一指，道：“乐娘与小丫鬟都在东头厢房里坐着呢。”

吴秀才轻轻地走到东头，贴近窗棂，伸一点舌尖舔破了窗户纸，朝房里看，足看了好一会儿，才幽微地说道："两个女子都不是人——"

"噫！"王婆听这话也要朝窗眼儿里瞧，"怎个不是人哩？"

吴秀才不舍地从窗前移开，拉了两个婆子走到楼下，才道："小姐水剪双眸，花生旦脸，丫鬟眸清可爱，幽花未艳，皆是天仙。"

陈干娘和王婆互相瞧了一眼，都笑起来恭喜吴洪。这之后，吴洪拿出一年来教书的所有积蓄，下财纳礼，奠雁传书，欢欢喜喜将李乐娘娶进门来。夫妻二人一个读书，一个写字，一个奏琴，一个唱诗，锦儿常笑说他俩是"交颈鸳鸯"，羡煞旁人。

这一日正是月半，学童们早早来到学堂要拜孔夫子。吴洪这个做老师的，也不得不早起离了爱妻，天没亮就摸索着梳洗起来。从灶前过的时候，吴洪模模糊糊见丫鬟锦儿已经在灶间忙碌，刚要跟她道声早，却瞧着她的背影觉出些不对劲来。

锦儿的脊背上披着长发，滴滴答答似在滴血，吴洪凑近一瞧，却见那肩背上竟倒挂着锦儿的人头，两颗眼珠瞪着，脖子有碗大的切口，还冒着污血。吴洪惊骇非常，又见那眼珠子滴溜溜转过来，瞧向他。吴洪恐怖惨叫，昏厥倒地。等吴洪再醒来时，见妻披着外衫，神情惴惴，锦儿依然是平日里模样，体体贴贴服侍在床畔。

"丈夫，"李乐娘扶起吴洪，嘤嘤哭了起来，"你这竟是怎么了？要吓死我么？"

吴洪受了惊吓，不敢回忆刚才所见，看眼前情形，又觉得迷离。见他不应，锦儿端来安魂定魄汤，舀一勺送到吴洪嘴边："今日月半，官人可是碰着什么不干净的东西了？"

吴洪不答，犹豫起来。他是一养家的男子，总不能随口乱说妻的陪嫁丫鬟是掉头鬼。冤了锦儿，或吓坏娇妻，以后家中三人还如何相处？

如此想着，吴洪便低头抿了一口锦儿送来的热汤。看着乐娘与锦儿关切的神情，他定了定神，只道：“没有。我起来时少穿了件衣裳，到外头冷风一吹，居然就这么晕倒了。”

乐娘和锦儿互相看看对方，吴洪从床上爬起，把整碗热汤吞下去，道一声“无碍”，便到学堂去主持学童们的敬师礼。太阳完全升起来的时候，吴洪站在孩童中间，想到晨起所见，心下还是有些恍惚。他宽慰自己是起得过早，眼花了，决意按下心中种种疑惑，且把夫妻欢好的和美日子继续过下去。

到了清明时节，学堂给学生们放了踏青假，吴秀才也换了轻便衣裳，别了妻，说要到山里闲走一趟。春日飘散的雨味混着山里泥土香气，纾解着吴秀才平日管教学童的焦躁。他觉得惬意极了，任毛毛细雨打湿衣衫，温温凉凉地，抚着终日疲乏的身子。过万松岭时，吴秀才赶上净慈寺一场法会，便进去看了一会儿。待要出来，却见一个相熟的小厮朝他作揖，说寺院对门的酒店里有人相请。吴秀才于是穿着湿衣入了酒店，见那请酒的不是别人，正是过去读书时结下的熟人王七三官人。

山中遇故知，两人自是一番寒暄，饮了几杯。王七三知道吴洪近来刚娶了老婆，便想借着酒意闹他一闹。“吴兄，我听晨间去西山上坟的人说了，西山桃花开得正盛。我家祖坟上种着不少桃树，跟我一道去看看，顺便在桃花树下吃几杯家里自酿的酒，如何？”

吴洪心中快意，道了声“也好”，便与王七三出了酒店，一路过苏公堤，赏过粉蝶翠柳，闹春人烟，行至南新路口。王七三从船家那里讨来一只小船，二人悠悠荡荡，晃到毛家步上岸，过玉泉龙井，攀过西山驼献岭，又行过一里，总算到了王家祖坟。王家的看坟人张安把二人引至墓园旁一座精巧的花园，并在桃花树下置备了点心和家酿美酒。吴洪有些疲乏，疏懒地靠在树下，竟不知不觉贪饮了起来。等到太阳就要落山的时候，吴洪与王七三都喝得过了头。

“不行，不行，我不能再喝了。”吴洪摇摇晃晃站起，碰落了低枝的桃花，簌簌落在眼前。

“如此美景，吴兄，再同我吃上一杯。”王七三举杯再邀，“吃完这杯，我们就到驼献岭那边去，随便在九里松路上找一户娼家，好好睡上一宿。”

“你倒是无牵挂。”吴洪摇晃着上路，似是自言自语。他想着娇妻新娶，要她家中苦等，自己却在山中与娼妓快活，难免要受妻，更要受锦儿埋怨。可如今日已西沉，就是快马加鞭赶到钱塘门，城门已关，入不得城了。

罢了，罢了。吴洪扶起王七三，二人挽着手歪歪斜斜地朝九里松去了。可入了夜的驼献岭云起东北，雾起西南，相较量下竟电闪雷鸣，惹出一阵银河大雨。吴洪与王七三无处可躲，在山间迷茫乱窜，总算遇上一小小竹门楼。二人躲在门楼下面，蹲坐土坡，借着霹雳闪电才看清这里是一座无屋舍的荒弃墓园。吴洪此时已酒醒大半，恨自己贪杯来这里遭罪，思念起乐娘和锦儿来。正想着把不满倒出来，怪王七三两句，忽见一个狱卒模样的人跳过半扇篱笆，一蹦一蹦地在墓园行走，停在其中一垛坟堆上，喊道：“朱小四，有人请你，今天当你出头咧。”

吴洪知这狱卒必是鬼了，紧张注意着坟堆子上的动静。见坟上的土抖擞擞落下来，哐一声，土坟向两边裂开，传出一个轻慢的声音。“阿公不要急咯，小四来也。”

说话间，一个枯鬼亮着白盏盏的头骨跳出了坟，狱卒驱赶着他，两鬼又蹦跳跳出了墓园。王七三见着这情形，贴着吴洪冰凉的背脊，两人都感到对方双腿发颤，害怕得不知所以。此刻大雨稍歇，两人扶将着踉跄离了小竹楼，脚下又滑，肚里又怕，心头愈乱。二人深一脚浅一脚地踩着泥泞，活像两只斗败的公鸡，拖着小命朝前赶，谁都不敢回头，就怕一扭颈子却见鬼影幢幢，无端毙命于此。好容易翻到山岭顶上，二人颓然一躺，听空谷林音，以为可以稍稍歇息，却又有棒击之声由远及近传来。

吴洪瞥见依然是那墓园里的狱卒和白骨鬼朱小四，便一刻不犹疑，拉起王七三朝岭下奔，见前头有个破落的山神庙，便进去慌忙把门关上。两人用抖得快虚了的身子抵着门，大气不敢出，屁也不敢放，只静听外头的动静。透过门缝，王七三看到狱卒拿着根木棍追赶着朱小四。小四咔嚓嚓磨着骨头，边蹦跳边叫唤："可打死我了！"

狱卒却不收手，一棒就敲掉了小四的手腕子。"我打死你个恶鬼。许我人情，又不还我，你这样的鬼，整个西山我也没听说过！"

眼瞧着朱小四咔啦啦就要散架，王七三把目光收回来，面色如土，双颊颤抖。吴洪白他一眼，轻声埋怨起来。"都是你，没来由的拖我喝酒，叫我陪你在这山里担惊害怕。现在你说怎么办？我新娶的老婆，这一晚上，在家里还不晓得要怎样为我担心。"

话音刚落，门外忽响起一阵敲门声。二人皆惊得面色煞白，更拼力地抵住门口。

"开门，开门呀。"是个女人声音。王七三狐疑地看着吴洪，吴洪把眼睛凑到门边，一看竟是妻与锦儿。

"王七三官人你好本事，"李乐娘愤恨高叫着，"把我丈夫留在这里一晚上，叫我寻得好苦！"

吴洪松开一点，正想开门，却被王七三一把按住。

"是我老婆和我家丫鬟，不打紧。"吴洪作势要掀王七三的手，王七三急得跺脚，耳语道："你老婆在家里，怎么会知道我们在这儿呢？深更半夜的，怕是鬼啊。"

鬼。吴洪眼前蓦地闪现月半那日，在灶间瞧见的断头锦儿，不禁倒抽一口凉气。莫非，妻和锦儿都是鬼么！吴洪不敢再想下去，只听门外李乐娘又喊了起来：

“锦儿，你快跟我一起推门，叫官人一道回家呀。”

吴洪听了这话赶紧死抵住门，听外面乐娘哭着喊起来：“你们不开门，我就从这门缝里钻进去！”

王七三赶紧把吴洪整个抵在门缝处，吴洪心中既恐惧又愤恨，听着外头妻的哭声，竟不免又生出一丝爱怜之意。既往种种都顺着白日里畅饮的酒，化作豆大冷汗，颗颗滴落在地。

“小姐，”外头似是锦儿在劝慰，“锦儿多嘴一句。男人外头玩闹也是常有的，不如我们回家等官人。他玩够了，自会回来。”

“你说的也在理，且不要管他。”乐娘止住哭声，竟又和软了语调，朝门内叮嘱着，“王官人，你明天白日里一定将我丈夫送回。”

门内二人哪个敢应她，只听她们自说自话了一通，兀自离去。

王七三总算舒一口气，忍不住揶揄道：“吴兄，看来你这妻和陪嫁丫鬟，真是鬼哩。”

吴洪白了王七三一眼，并不搭话。经此一夜，他的胆几乎骇破，心已凉透，浑身上下无一丝温热气，见外面天空已泛出一点鱼肚白，约莫是五更天了，便道：“我看这里也不是能待的地方，冷煞人了。”

两人说着打开门，一路紧挨着又走回无人的山道，借渐渐亮起的晨光，相伴往岭下走。就快走到有人烟的地方，却遇上一片笼罩着烟瘴的小树林。王官人说过了林子就走到山下了，吴洪却说什么也不肯进林子，只拉着王七三继续沿山道走。不承想林子里忽影影绰绰走出两人，吴洪定睛一看，竟是王婆和陈干娘。

刚要向此两个恶婆子叫苦，怨她们许他的竟是鬼亲，却忽地明白了，此二人能出现在此地，必然也是鬼窟里的鬼啊。

“吴大官人，”王婆上前一把拉住吴洪，赔笑，“我们等你好多会儿，怎么才下来？”

“是啊。”陈干娘也上前扶王七三，“知道你们夜里疲惫了，在林子里备了点酒菜，去吃一点可好？”

吴洪怒目甩开膀子，应也不应，只夺路狂奔。王七三见状也推开那婆子，小鹿一样追上吴洪。两人一刻不敢歇，脚步飞快，总算来到驼献岭下，一瞥身后，仍见那两个婆子不紧不慢地跟了上来。

“可吓死人了。”王七三大喘粗气，两颊红热，嘴上死白，“这一夜闹的，吴兄，我可再走不动一步了。”

“我也不能了。你听我肚中打鼓，实在饥饿。”吴洪的脚步慢下来，警觉地瞥着后面两个老婆子，“一晚上看见这许多不祥之物，实在要见上个生人，冲一冲才行。”

“你瞧前头，门前挂一枝松柯儿的，好像是个酒店。”

吴洪抬眼一看，果见前头有一升起炊烟的酒店，荧荧掌着一点烛火。

王七三此时又道：“估计卖的都是茅柴劣酒，无碍，咱们进去吃点酒助威，顺便躲了那两个婆子。”

吴洪点头应许，却在路上又生出些顾虑。“本来好好的人家，我们这是把两个鬼婆子引过去了呀。”

“生人多了，鬼要怕的。”王七三劝道，“况且你们还是相熟的，真要到了被他们索命的时候，吴兄你就求一求嘛。”

王七三这滑稽性格，说完竟兀自哈哈笑起来。吴洪觉得讨厌，但此刻毕竟与他共患难，也不追究了。敲开酒店的门，里头走出一个男子，头上裹着一顶牛胆青的头巾，身上缠着一条猪肝红的肚带，胯上系一破旧的瞒裆裤，脚上踩一双泥糟糟的草鞋。

“店家的酒怎么卖啊？”王七三朝店里瞅着，想进去好好歇上一歇。

谁道那店家没睡醒的模样，呆愣着说：“没有热水，没有热水。”

吴洪便道：“就给碗冷酒也行了。”

店家却不动，也不吭声，只盯着二人。王七三拽拽吴洪的湿衣裳，小声道：“这汉子奇怪得很，说不定也是鬼！”

两人想到此，连忙后退，此刻太阳终于跃出山头，照在二人肩头，酒店里忽起狂风，直吹得二人睁不开眼睛。好不容易站定下来，吴洪再去瞧，眼前哪里还有什么酒店，什么汉子，他和王七三正分明站在死人的坟堆子当中。这一吓可不得了，两人再不敢叫累了，撒开腿直奔九里松曲院，急讨了一只小船，拼命划向钱塘门。上了岸，来到行人如织的人间，王吴二人简直想抱头痛哭一番。王七三作别吴洪，赶往自己家中。吴洪站在人堆子里，却不知该去往何处。

若是归家，他如何面对鬼妻和那断头的锦儿。若是不往家去，他又能前往何处呢？昨日、今日，前后还不过十二时辰，吴秀才却如同经历天崩，等于家破人亡了。这样想着，实在是愤懑不已，不禁打心眼里恨起那个王婆。他沿着钱塘门城下，寻到王婆家里，见院门紧闭，门上只一把生锈的大锁头。他向邻居打听，只道王婆已经死了五个月了，又问是怎么死的，答曰“水蛊病”。

吴洪目瞪口呆。尽管在西山已晓得王婆是鬼，可真听到她的死讯，还是免不了心头一震。离了钱塘门，吴洪又经景灵宫贡院，过梅家桥，来到白雁池边。他向池上洗衣的妇人打听陈干娘的住处，那妇人嗔道：“真是晦气，你打听个死鬼作甚？”

“她是怎么死的呢？”吴洪叹口气，苦笑，“陈干娘，也算我家的亲戚吧。”

“喏，就是在这里洗衣裳，滑下去，溺死了。都死了有一年了。”妇人边说边停下洗衣裳的手，朝东边一指，“她以前就住上面，门头有一盏官灯挂着的，就是了。”

吴洪朝那方向望，白雁池的阴风忽吹上来，吓得他赶紧离了池子，远远看了一下陈干娘的住处，见有十字竹竿封门，门头那纸灯笼上还写有八个字：人心似铁，官法如炉。也不去想陈干娘一家都经历什么了，吴洪趁着日头还热，赶回州桥下的学堂，推门进入内间，惴惴然喊着李乐娘与锦儿的名字。可屋中寂寂，没有人声，也无鬼影。

吴洪出了学堂，敲开邻居家的门，问他妻子和婢女的去向。

邻居一脸困惑地瞧着新娶亲的吴秀才，说道：“吴师傅昨日怎的不归家？你那老婆昨儿个在家里哭了一整晚上，今天一早就带着丫鬟回她干娘那里去了。”

吴洪想到白雁池上那个白灯笼，心下寂然，没了言语。邻居还想劝说两句，吴洪却已退到了街上。想来妻和锦儿也实实伤了心，离他而去了。吴洪转身漫走，一时不能分辨心中滋味，亦不知他这段姻缘，究竟是谁负了谁。

吴秀才失魂落魄地游荡在街上，又疲惫，又恍惚，不小心便撞上了人。吴洪忙作揖道歉，抬头一看眼前是一样貌古怪的癞道人。

吴洪左右看着，竟觉此道人颇为眼熟，却又不知竟在哪处见过。

“鬼气弥漫。”癞道人毫不客气，捉住吴洪的胳膊，“你被一窟鬼缠住了，竟还在街上游荡。鬼气不除，后患无穷。”

“道长真是神人！”吴洪忙把癞道人请进家里，布置香烛符水。癞道人不多言语，只稳坐宅内正中，念念有词，忽厉声喝一字“疾”，便有一黄罗抹额、锦带缠腰的金甲神将飞腾而出，朝癞道人躬背作揖。“真君有何吩咐？”

癞道人朝西一指：“在吴洪家里作妖，在驼献岭上作乱的，都给我捉来。”

神将得令，掀起一阵旋风朝西山而去。才不过一炷香时间，便把李乐娘、锦儿、王婆、陈干娘，甚至墓园里的狱卒、朱小四，山下那个缠布的汉子都一并捉了来。他们全都现出鬼身，骇得吴洪躲在道人身后，不敢多看。

“你这老婆李乐娘，”癞道人指着一个下身鲜血淋漓，怀抱死白婴孩的披发女鬼，“她本是秦太师府上的小娘子，难产而死。她的陪嫁丫鬟锦儿，”吴洪朝断头的锦儿看，确与那日在灶间看到的恐怖样貌一模一样，不忍细瞧。只听癞道人继续说道：“她被主家夫人嫉妒，吃打了一顿，自己割颈子，死了。这个王婆呢，她住沟沿时，就已经害了水蛊病，搬到钱塘门的时候，已是将死之人。至于陈干娘怎么死的，你已去打听过了。这边一堆烂骨头，就是昨夜你和王官人遇上的朱小四。他本是个看坟的，受不了西山的凉气，多年前就害痨病死在了山上。再说说这个，岭下开酒店的，害了一场伤寒，多高壮的汉子，也就没挺过来，转作死鬼了。”

癞道人一一朝吴洪介绍明白，然后从身上取出一个小葫芦，众鬼见状嘶叫鬼嚎，纷纷逃窜。吴洪忙问缘由，癞道人便道：“人见此物是葫芦，鬼见此物，酆都狱也。”

说话间癞道人作起法来，鬼呼号着一个个被收入了葫芦。李乐娘抱着她的死婴，趴在地上，哭求吴洪，形貌惨烈：“我从未害过官人，为何不向这道人求情救我？”

吴洪不忍，心里念道人鬼殊途，无法求情，狠心别过脸去。再回头去看时，宅中地上已无一鬼，神将已去，只癞道人笑吟吟地抱着他的小葫芦。

“去吧，”癞道人把葫芦递给吴洪，“把这葫芦埋到驼献岭下。”

吴洪接过，见癞道人不知从何处引来一只白鹤，这就要乘鹤而去。

吴洪心中郁结，对这一番经历颇为困惑，上前求问：“道人是真神仙，可否告诉弟子，我读书求功名，为人也算老实，为何会遇上这一葫芦的鬼呢？”

道人且笑：“人过生活，鬼也要过生活。俗世凡尘，是人就是鬼，做鬼亦做人。”

说完这话，道人一飞入云，仿佛从未出现过。吴洪自去西山，把葫芦深埋在驼献岭下，自此看破俗尘，也不去求什么功名，且闭了学堂，云游天下。十二年后，他在终南山中遇甘真人，这才忆起他本就是真人座下的采药弟子，而甘真人就是那捉鬼的癞道人。临安城那段过往，不过是真人见弟子凡心不净，罚他到俗世做个贫儒，备尝人间鬼趣。

重回真人座下，吴洪十分感念，从此留在山中潜心修行。偶有些时候，他失神动念，也会想起西山那一窟鬼。

不知乐娘和锦儿是否还在酆都狱，再入人间的话，亦不知是何处境？

北人往事

那还是宣和七年发生的事情。

这年春天，相州某姬姓士人，奉命来汴京出公差。差事办妥，这士人见京师满街寂寥，全无春日模样，便无意逗留，策马离京。快马过封丘门时，一位身着宽袖红褙子、头戴绛紫面纱的妇人出现在他的眼前。士人于是稍稍勒紧他的缰绳，颇有兴致地打量起来。只见这妇人杨柳身段，流水步姿，轻盈盈牵着一匹瘦马，独自走在灰尘漫天的封丘门外，别有一番动人。

士人觉得有意思，轻轻踢了踢马肚，想追上去对这妇人的美貌讨看个究竟。可不知为何，他的健硕的快马，却怎么都追不上那个牵马步行的背影。眼看那背影依然还是袅袅婷婷的步调，丝毫没有加快，士人觉出些惊奇，却因着追逐太久，更加重了求欢的期待，还是快马加鞭地追在妇人身后。

一直追到陈桥镇，日头已西沉，那女子才终于停下了脚步。

士人急急勒住他气喘吁吁的马儿，心意沸腾地看到那妇人扭转身子，绛紫的面纱依然盖在她的脸上，只听她嗔怒道："姬小官人，何故跟着我？”

这妇人怎知我姓？士人愈加惊诧了，却涎皮笑道：“见小娘子寂寞行路，才苦跟着。娘子既知我名姓，莫不是与我有些因缘？”

妇人立着不答，士人便欲下马讨欢，却忽听妇人喝止道：“你且行自己的路，莫要妄想，当心大祸临头。”

士人朗声大笑，真想撩开那讨厌的面纱，看看这娘子颦眉生气的模样，那妇人却又继续说道：“我乃太社之神，你奉朝廷命到汴京来调官，我亦奉了帝命来调京师五百辈诸神。”

“调神？”士人被妇人的煞有介事搞得迷惘了，在渐起的劲风里，他问道，“调去哪里？”

“东岳。”

妇人说罢便拉住士人的缰绳，靠近他的脸，叱道，“姬小官人本不应得此消息，也不应看见我的脸。”

话音未落，一股风向上旋起，吹开了妇人的面纱。士人大喜，定睛去看，却只见一张大面如盘，无口无鼻，只纵横数十眼，烁着霹雳的光。士人与马皆尖叫嘶鸣，旋风中人从马上翻脱，坠在地上，姬小官人已完全地厥过去了。

一直到了第二日，这姬姓士人才被过路人救起。回到相州姬宅，士人仍悸悸不安，全无了往日的风采。有相熟的人前来探望，他便神秘说起那日红衣妇人的话，疑心诸神皆去，恐将有国祸。亲熟之人只当士人遇鬼撞邪，亦没当他的话有什么要紧。然而到了第二年，金人浩荡攻至汴京城下，京师陷落，徽、钦二帝被掳，人们这才又想起姬姓士人的话。伴着北上俘众和南下难民仓皇的流徙，这姬姓士人的奇遇故事传扬得有了点神谕的意思。

南宋初年，临安一爿酒馆里，逃难到南方的北人徐端立就饶有兴致地说起这则异闻。在众人嚼着花生米，听得乐呵时，一位着布衣的男子却忽地站起，道："徐公所说的这红衣女，似曾相识。"

众人嘘他，笑他穷酸模样怎配与神女相识。那男子却说："我自不配，但我的高祖文靖公却与那红衣女有过一面之缘。"

众人嗤笑起来，徐端立却放下手里的热黄酒，颇有兴致地直起身子，酒馆里的诸客便也跟着安静下来。布衣男子于是走到大伙儿中间，娓娓说了起来："文靖公未达天下时，常在月下信步而走，或是念诵点诗文，或是沉思默想。可有一日，他静默立着的时候，一遮红纱的红衣女突然出现在身侧。文靖公不想理会，却发现此妇人总在他停下脚步的时候，便立定在他身侧，还要说上一句'官人，看我一看吧'。

"文靖公依旧不想理会，可如此再三被恳求，便觉厌烦。终于无法，文靖公随手去揭了那妇人的面纱，却见那妇人脸上无口无鼻，竟悉数是眼睛。文靖公并不惊诧，只是叱责道：'你这嘴脸，却要人看？'

"妇人听罢这话，也无言语，呆立不动。过了好一会儿，文靖公又见这妇人立在眼前，这次却恭敬作揖道：'官人果真有宰相气量。'"

布衣男子讲到这里便不作声了。众人闹笑学着那故事里文靖公拒人千里的叱责，像是听了个笑话，只徐端立移到布衣男子跟前，问他是否姓吕。

布衣男子点头，徐端立便喟然叹道："那么这位文靖公，便是仁宗帝时的名相吕夷简了。"

布衣男子又点头。徐端立于是苍然地惨笑了，"吕兄这讲的，可都是一百多年前的事了，无趣，"这北人喃喃着，"无趣。"便又回去抱他的热酒。

陷湖

天宝末年，范县县令携家眷湖中泛舟。正是三月三上巳节，乡民们纷纷来到水边祓禊，意在除凶去垢，祈愿求福。范县报恩湖是方圆百里最大的湖泊，这一天自是热闹非凡。独孤暹应舅父范县令之邀，也专程从武强县赶来，凑这曲水流觞、临水欢宴的热闹。

置身船中，独孤暹默看湖面水波不兴，岸上男女祓禊嬉游的声音渐渐弱了下去。船至湖心，独孤暹竟不知为何心生寂灭之感。想是少了耳畔的热闹，和暖的春风也还杂着些许凉意，独孤暹便钻入舱中。舅父正跟孩子们讲着故事，独孤暹盘腿坐下，听出舅父讲的是一则跟报恩湖有关的传说。

“很久以前，范县辽阔，其时并无报恩湖，只一汪水塘，得名东大泽。范县有一书生，才学不见得怎样高，人却十分温良，既见不得人间疾苦，也看不了生灵蒙难。书生一日行至山间，忽见一条羸弱的小蛇被一段枯木所压，难以脱身。书生移去枯木，小蛇却没有委蛇离开，像是受了重创，动弹不得。书生于是捧了小蛇归家抚养，细心护理，不多久小蛇便恢复了元气。因日日把这条小蛇担在肩上，书生便唤小蛇为‘担生’。担生与一般的蛇不同，不过数月，担生已长至丈余，通体宝蓝颜色，莹

担生？担生……

巨蟒大概是太久没有听过这名字。它把长长的蛇信子收起，缓缓地，缓缓地，它低垂，摆动，把一整个巨石般的脑袋轻轻挨在老人的肩头，忆起自己在这个肩头长大的往事。

莹有光，头部更有珊瑚红色点缀，蛇信奇长，且颜色墨黑，十分骇人。众人皆劝书生把蛇放生到山里去，书生却因与担生有了情感，颇为不舍。然而，担生长得实在太快，到了书生再也不能把担生负在肩上的时候，他自己也明白，再不能留一条巨蟒在家中了。

“这日，书生引担生来到东大泽。书生恋恋不舍，本想同担生告别几句，没想到担生看到湖泽便如终于归家般头也不回地潜入水中。看着担生蛇尾的宝蓝完全没入水中，消失不见，书生怅然，归家后便大病一场。数月病愈后，书生仍在慨叹自己的愚痴，竟对冷血的蛇生了寄望。

“转眼四十年过去，书生一家早已搬离范县，担生却成了范县大患。当年还能任担生游弋的东大泽，如今只勉强能供其盘卧。远远看去，这片水塘似有百舟倾覆，近看才知那是巨蟒望也望不到头的连绵蛇身。人们都说凡过东大泽者，必被吞食，担生也被传为‘神蟒’，无人再唤它‘担生’……”

故事讲到这里，船微微晃动，范县令停了下来。

“然后呢？然后呢？”

县令的两个小儿吵嚷着，请求父亲继续讲下去，范县令却道：

“没有然后，这故事就是告诉你们两个，不要玩蛇，更不要把可怕的东西带回家里。”

独孤暹听过这话却哈哈笑了起来，范县令问外甥为何突然发笑，独孤暹道：

“舅父可看过《水经注》？”

范县令摇头，独孤暹于是抚着两个表弟垂在脑后的软发，说道：

“表兄住在武强县，《水经注》上也讲过一个发生在武强县的神蟒的故事，巧了，这神蟒也叫担生，跟你们范县的故事差不多，要不要听？”

两个小儿拍手叫好，央着表兄讲故事，范县令只是笑笑表示应允，便掀开舱帘走到了甲板上。独孤暹便从担生被武强县的好心人老罗带回家后说开去。

“这武强县的担生与范县的不同，它刚在老罗家里恢复了元气，便露出了兽性。这夜，老罗一家入睡不久就听到隔壁院墙里传来悲惨的呼声。老罗刚要开门去看发生了什么事，却见他的担生满嘴血污潜回屋中。变幻不定的灯影中，老罗仿佛看到担生口里衔着的是邻居家小女的衣袖。老罗大惊，刚要大呼救命，没想到担生却只是盘卧在老罗身旁，如往常一样，沉沉睡了。老罗一直跟邻居担保，他的担生有灵性，与一般的蛇不同，却没想到它兽性未脱，惯要吃人。老罗一想到邻居家小女惨死便后悔不已，他本想操起斧头斩杀他亲手救下的担生，心下却实在不忍。就这样，老罗战战兢兢在担生身旁坐着，准备一直坐到里长带衙役来抓捕他和他的担生。

“没过多久，里长果然闻讯而来。当衙役冲进屋内准备绑缚老罗时，担生却突然惊醒，它猛地冲出，一口咬掉两个衙役的脑袋，顿时鲜血喷涌，老罗瞬间便被浇成了血人。接着，担生用蛇尾甩开众人，背负已经懵然不醒的老罗，七甩八撞，夺路狂窜。它钻入地下，豁开沟渠，劈开河川，不到半个时辰，武强县竟陷落成湖。等到老罗再次醒来的时候，眼前除了一片浑黄的水和漂浮在湖面上的尸体，武强县，什么都没有了……”

独孤暹讲到这里，只觉得怀里两个活泼小儿竟被吓得一动不动。

“怎么？”独孤暹抖一抖两个表弟，俄顷，两小儿一齐哇哇大哭起来，独孤暹怎么哄都哄不住。县令夫人闻声忙进船舱哄孩子，独孤暹一脸不好意思，退出船舱，走到甲板上。舅父倚在船舷上，正皱着眉往水里看。

“舅父，原来你是故意不把那范县担生的故事说完。”独孤暹说着，带着歉意，“都是我不好，把表弟们吓着了。”

“孩子吓吓也好。”范县令拍拍外甥的膀子，笑道，“就是大人，不时也要吓上一吓。”

“舅父，”独孤暹迟疑道，“你们范县那个担生后来怎么样了？我，还想知道。”

“你啊，也像是个小孩子。”范县令笑了笑，说道，“我们那个担生大概没想到会再遇见四十年前的恩人，可这恩人偏就回来了……

“原来，书生在他乡活过大半辈子，过了古稀之年，便想着落叶归根，回到范县入土为安。这日，风雪交加，老书生让车马走大路，他一个人拄着拐棍，颤巍巍从范县东面踏上故土。可刚走没多远就有人把他叫住，定睛一看，是一位樵夫。

“‘老人家——’樵夫喊着，‘别朝那湖边儿去！’

“老书生看着不远处确有一片死湖：‘怎么？过不去？’

“‘过不去！绕远儿吧！’老樵夫不敢靠近，只远远喊着，‘湖里有蟒蛇，吃人，这一带没人活着走出来过！’

“老书生听了这话缩了缩脖子，反而笑道：‘大冬天的，蛇睡着呐。’他转过身来继续朝湖边走，心下还想这樵夫不知安什么心，偏要让他绕远路。老书生离湖越来越近，在漫天风雪中，他突然觉得此湖虽然一片死相，却颇为眼熟。他年纪大了，很多事情都已忘记，只隐约记得故乡东面有片水塘。叫什么来着？老书生望向湖面上一座座小土丘似的雪堆，那名字似就在嘴边，可又实在记不起来了。就这样老书生卷着风雪走上湖上一座小桥，不料桥下突然一阵异动，老书生一个趔趄跌回岸边，还没缓过神来，刚踏上的木桥竟整个被掀起，在眼前断裂成片，簌簌落下，一条裹着银白色雪光的墨蓝巨蟒破冰跃起，直冲上灰白色的云雾之中。老书生惊得无法动弹，想到该爬起来逃命的时候巨蟒已经追逐而来，长长的蛇信在老书生的脸前突突地试探。老人顺着这墨黑的舌向上看去，望见了巨蟒头部星星点缀的珊瑚红，在纷飞大雪里那样耀眼——

“蓦地，老书生像是想起早已忘却的老友般，惊喜地喊道：‘你，不是我的担生吗？’

“担生？担生……

“巨蟒大概是太久没有听过这名字。它把长长的蛇信子收起，缓缓地，缓缓地，它低垂，摆动，把一整个巨石般的脑袋轻轻挨在老人的肩头，忆起自己在这个肩头长大的往事。老人抚了抚担生，只道：‘我老了，再担不动你啦……’担生于是收回脑袋，依然低低地贴伏在岸上，只是慢慢摆动，向后退。它始终红着眼睛，看老书生，它没有转过头去，甚至连一眼都不想错过。担生整个地退入水中，湖面再次恢复了平静，老书生一身雪白，从地上爬起。他终于想起来了，这地方叫东大泽，四十年前，他正是在这里送走了担生。”

“这故事本该到这里结束。”范县令看独孤暹听得入神，特意顿了顿。天色将晚，湖上突然乌云蔽日，范县令便命人把船划向岸边。

“舅父，”独孤暹问道，“范县担生的故事大概本于《水经注》，老书生回去以后，大抵也不太平吧？”

“太平了，说故事的，还怎么做文章？”湖上风起，甥舅二人立在船尾，衣衫乱飞，独孤暹听得舅父继续说了下去。

“老书生好不容易摸回老宅，刚安顿下来没多久，就有三五壮实差役破门而入，把他五花大绑扭送大狱。老书生尚不知自己所犯何事，只听在任县令判他死刑。狱中小吏好心相告道：‘老人家，你在不该活的地方活下来，还不如就在那儿死了。’

“‘这是什么意思？’老书生不解。

“小吏又道：‘你能从东大泽神蟒口里安然逃出，跟我们人……不大一样吧？’

“‘神蟒？你说担生？’老书生连拍大腿，‘我救过它，它才放我

走的啊！’

“小吏不说话，只一脸讪笑。老书生求小吏把县令大人唤来，他要明明白白跟大人说清楚，他跟担生究竟是怎么回事。可小吏只劝老人老实坐着，等着明日行刑就是了。老书生眼看小吏走出大狱，心中訇然，顿觉求生无望。

“罢了。他伏在地上，一声长叹道：‘担生啊，四十年前我好心救你，到头来却要因你而死！’

“话音未落，狱外突然风雪大作，老书生看到脚下大地剧烈颠簸，四面八方轰轰然传来巨响，片刻工夫，有冰水裹着冰凌冲到脚边，湮灭万物，却独不漫上这老书生的脚面。老书生望向窗外，只见冰雪狂乱，范县竟已是一片汪洋！担生幽幽然游向老书生，人的浮尸被它轻轻撞开，打着旋儿，漂往不知何处……”

“哎！”范县令只听得独孤暹一声悲叹，外甥继而问道，“难道这范县报恩湖就是这么得名的？”

范县令已经顾不得回答外甥了，因为此刻，湖上突然风雨大作。范县令直呼不妙，他一边命船夫拼命往岸边划，一边拉着外甥躲入船舱之中，没想到这傻外甥还在问：“舅父，这，这担生到底算是报恩，还是——”

独孤暹还未说完，众人忽听船底砰砰有巨响，大有破舟之势。舱内妇人孩子乱作一团，哭叫声此起彼伏。船体剧烈摇晃起来，仅一会儿工夫，岸上嬉游的人竟看到县令的大船整个翻覆，扣在湖面上。范县令一家被岸上众人救起之时，天已清朗，报恩湖又恢复了平静。范县令看夫人孩子只是呛水受惊，心中大幸。让他心焦的是，外甥独孤暹吐出湖水后却一直昏迷不醒，口中只喃喃念着担生、担生。数日之后，独孤暹高热不退，在范县令的大宅里，他终究还是咽了气。

宫亭庙

若说庐山一带最灵验的庙，非鄱阳湖畔的宫亭庙莫属。平固县县令王寅此刻正叩拜在宫亭庙，最后一次地说着他的祈愿。明起就要卸任离开鄱阳湖了，王寅却愧得抬不起头来。自五年前调任至此地，王寅是拼了全力要尽他县令的本分，却没承想离任时竟会留下三十一桩活不见人、死不见尸的人命悬案。

王寅跪着，在宫亭庙神鲜亮的锦袍下无颜面地大哭了。他是怀了雄壮的野心自愿从江州府调到平固县来的。头三年他霍霍地要整顿一切，却赶上一桩又一桩无头无尾的人命案子。县衙里每日都有乡民来要他们突然失踪的亲眷，起初是要人，如今已无望到只想求个囫囵全尸了。

可连尸身，甚至于枯骨，王县令都是一具没有的。

他恼恨地止住了大哭，爬起来，由对自己的失望而对所谓灵验的宫亭庙神也失了信心。于是同样来求庙神指点的乡民们接下来便惊异地看到，县令大人竟瞪视着那泥塑而贴金的黄脸神，并朝神的锦袍子上唾了唾沫。

平固县老实的乡民们畏惧了，此时县令的小厮却跌跌撞撞冲了进来，嘴里大喊着一个名字。

庙内外的人们沸腾起来。王县令抓着那小厮的胳膊，站不稳似的问道：“你说的可是黄苗？早没了的黄苗？”

小厮急喘，不住地点头。

“人呢？”王县令作势要奔。

小厮忙道：“就在县衙，在县衙啊，大人——”

未等小厮说完，一众人已拥着平固县的县令大人冲向县衙。于是南朝宋元嘉年的这个本无风波的后晌，因失踪五年的州府小吏平安归来而起了大的震动。愈来愈多的人加入探看黄苗的队伍。等县令王寅颤抖着被扶到堂上，得见那眼神空滞的黄苗，平固县县衙大院已被围堵得水泄不通。

黄苗尽管已失踪五年，身上穿的却依然是州府小吏体面而干净的官服。王县令看着黄苗壮硕的形貌颇有些讶异，而黄苗撞上众人问询的目光便缩在堂内一角，更因县令大人连连落下的惊堂木有惊厥之状。堂内外的乡民们高声喊着那些失掉的人的名字，黄苗高声痛哭，众人于是静默下来，并指望这拉长了调门恸哭的人能带来余下三十条人命是生是死的消息。

然而黄苗急骤地止了哭声，走到县衙大院的中央，像树的一半斜劈而下，无望地跪了。“都死了！”他张开充血的眼，朝人群飞喷着腥臭的唾沫，哀号，“全死透了！”

王寅扔掉惊堂木，攥着沁汗的手，站了起来。众人重又满怀希望地看着他们的县令，看他走向跪坐的黄苗，盼望他能抵住县衙内外的死寂，然而黄苗紧拽住王寅的官服，只道：“判我死。”

王寅思忖了有一会儿，便大力地挥了挥他的袖子，命所有人退出县衙大堂。等人潮全部退却，王寅锁闭门窗，重回到黄苗脸前，一声不响。

黄苗于是抬起他空洞洞的眼睛：“大人以为，我是怎样杀人的？”

王寅侥幸还留有的最后一点希望，无声寂灭了。他似乎是无表情，又似乎是掩藏着凄厉应道：“总不是寻常杀法。”他蹲坐在黄苗身侧，好奇地看着这没什么凶相的杀人者，“我这五年的好时光都耗费在你身上了，可我又什么都没找到，说吧，”县令大人想到自己的无用，霍地愤恨而严厉起来，“说你到底怎么杀的人？那是——”

仿佛又一次认识到这案子的恶劣性质似的，县令哀吟了，“三十条人命啊。”

黄苗被王寅波动的心绪搅出了一丝苦笑。他不知从哪里说起，闭眼听了好一会儿堂外乡民们的喧闹，才道：“大人可向鄱阳湖畔的宫亭庙神求过愿？”

王寅点头，又摇头道：“假庙神，不灵。”

“你求他助你破案，现在案破了，怎说不灵？”

“你自己来投案怎能算他——”王寅警觉了，朝擦黑的窗外看去，想到白日里曾在宫亭庙里吐过唾沫，惴惴道，“你意思是，这世上果真有那庙神？”

“果真有，”黄苗好像终于找到这五年来孽事的缘起似的，他的眼睛愈来愈明亮，终于说起了五年前，“那时，大人，那是我还从未吃过人的时候！”

王寅听了这话，瘫坐了，任凭黄苗回忆起来：“大人，我本也是好人家的儿子。那一年我因父亲发病向江州府告假，回到县里。怎奈我爹的病总是反复，我心有不忍，一再推迟了归期。等到父亲的病情终于稳定下来，已告假超期五日之久。我在复工的小舟上，为免不了的责罚担忧。大人，虽说我这般的小笔吏在州府发挥不了什么作用，多去几日少去几日原本没什么要紧，可州府的吏治，大人，您是知道的，一向极严明，我从不敢犯什么错处的。然而这次，我晓得的，我一定逃脱不了责罚，轻则罚俸，重则必受皮肉之苦。所以，船行至宫亭庙时，我听了船家的劝告，随他一道去拜那据说十分灵验的庙神。船夫求分风擘流、船行平安，我求的，则是可以侥幸免除责罚，还说要州府大人准我辞去差事，好回乡照顾年事已高的父母。我给宫亭庙神磕了好几个响头，还许下事成必上猪酒的承诺。”

“州府的吏治我是再清楚不过了，”王寅禁不住也回忆起在州府为官的日子，叹道，“不过如今世道这般，人心丧乱，不严明怕是也不行。”

“大人说得是，若我知道后来会发生那样的事情，我怎么也不该存这样的侥幸！”黄苗似后悔得无法，暗沉沉地又说了下去，“那一天，我们那条船可真是顺风顺水。到了江州府，船家还说必定是我们二人的祈愿叫庙神听着了，显灵了！我那时心中暗喜，心怀大侥幸回到衙门。没承想，一切比我想象的还要顺利。州府大人不仅没有责罚我告假违期，允了我辞去差事的请求，临了，还夸我是个孝子。于是我就赶紧裹上仅有的一点细软，又登上了来时的小舟。在船上我跟船家展颜大笑，感慨一切有如神助。

“船又过宫亭湖时，那老船夫劝我一同到庙里还愿，我想着自己并未备下说好的猪酒供品，便推说改日专程再来还愿。等船夫还愿回来，我二人划至都界，天已大黑，便准备在船上过一夜。可到了半夜，我觉得摇摇晃晃不大对劲，醒过来一看，那小船竟无风无桨地疾行不停。我心里觉得恐怖，忙去喊船家，可他鼾声大作，怎么喊都喊不醒。到了四更天，大人，你道如何？那船竟自己回到了宫亭湖。”

“这是庙神要逼你还愿啊。”王寅听到此处忍不住问道，“难道这庙神跟你吃人还有什么干系？”

“大人，你实在有所不知。若说这行事酷烈，人间哪个做官的也不及这庙神万一。你说这船停回宫亭湖，我心里还能不知怎么回事吗？我正想着怎么跟庙神好好说，船上却突然冒出三个看不清面目的乌衣人。我哪里见过这场面？头脑一昏，只觉浑身瘫软，三两下就被他们扭送到了宫亭庙的台阶上。我爬起来一看，只感到金光刺目，好一会儿才看清庙梁下悬着一颗大如弹丸的金珠，珠子底下站着个高大的黄脸汉，四十上下的模样，披着璀璨的袍子，正冷漠地盯着我。”

“这就是宫亭庙神了！”王县令已不知何时听得悚然，竟笔直跪在黄苗跟前，连连叹道，“黄兄啊，你竟是见过真神的人。”

“我但愿我从未见过！”黄苗绝望地低吼一声，又继续说道，“我只听其中一个乌衣人大声喊着：‘平固黄苗，上愿猪酒，遁回家。教录，今到。’我知道这话说完庙神就要惩戒我，便连扑带爬地上前求饶，以为他要判我即刻毙命，可万万没有料到，庙神竟判我五年内取上三十条人命！”

轰隆隆的声响刮过王寅的耳朵，王寅紧张地一缩，本以为是谁闯进了堂内，定睛一看是黄苗于黑暗中滚倒在案桌一侧，撞翻了桌上的砚台和案卷。

“我本是人啊。”黄苗的眼睛在黑夜里亮得离奇，闪烁得王县令心惊不已，他颤巍巍地问道：“你本是人，这同乡同根的肉，你到底如何吃得？”

黑暗里传来黄苗的冷笑，继而传来他凄惨的声音：“吃人的事，人当然做不得。庙神知道这个，他先派人送我到山里，把我的腰绑在一棵粗树干上，每天都用生肉喂我，是每天，大人，足足喂了一百日。我起初吃了生肉就呕吐不止，可渐渐的，我的神思松了，饿的时候，再不顾眼前红兮兮的东西是什么。我只管吃，吃得寒热生疮，浑身先是长出奇怪的斑块，继而又长出畜生一样干燥的皮毛了。我开始不明白自己到底是不是人了，等到浑身长满毛的时候，我轻松地就挣脱了绳索，摸到了满嘴的獠牙和可怖的爪子。我终于如庙神的安排，变成可以吃人的野兽了，大人。”黄苗再次冷笑了，王寅却只是干咽着他冰冷的唾沫，应不上一句话。

“三年，大人，我三年就吃了二十九个人。”黄苗的声音疲困了，带着可耻的松弛感，道，“篾匠李的小儿子，外出买簪花的庆表姐，县里刘大员新娶的妾室，我老父亲的世交……大人，你且去对一对，那都是我用牙撕烂过脖子，用现在这张嘴吃过他们内脏的……呵。”

呵。王寅摸到了县衙粗壮的柱子，他想让自己站起来。可黄苗的注视让他感到为难，他笑了，不知是因为畏惧还是因为什么别的，竟然笑了：“你成了兽，黄兄，你那时不晓得……”

“我晓得。”黄苗也站起，走近，“我不仅晓得，还能清楚地感觉到我想吃人，特别简单，大人，就是特别想吃人……”

“那……那……”王寅下意识地后退了，退到门边，“那新淦那位女子呢？怎么等到上月你才——”

“唔。那位，那位女子我盯了她足有两年，因是士族，人家从不出门，我极难得手。直到上月，她要到咱们县上访亲，我才在路上掳走了她，不消半个时辰，我就将那女子撕咬得干干净净了。”

“这么，这么说，”王县令自认为对神不敬地，怯怯问道，“庙神大仙，是指定了人给你吃的？”

黄苗于暗夜中轻轻点头，答：“都是无缘故而招致非命的人啊。”

王寅再难站住，听这样一个亦兽亦人的罪犯说下去，可黄苗继续讲道：“我本以为，我便是这样的畜生，堕落下去就罢了。可庙神哪里能遂了我的愿？他们又把我绑回庙里，喂了我十五天的盐饭，直看到兽毛和獠牙利爪悉数掉落，我复归了人形，才把我送了回来。可是，大人，我哪里有脸回来再过人的日子？我在乡间游走着，听人们茶余饭后说的都是我干下的桩桩惨事。于是我只能上这里来了。”黄苗再次扑通跪倒在地上，拽着县令的袍子，求道，“大人，我干下吃人的事，可还是无法自裁，求大人判我死，砍了我，岂不大家痛快？”

可县令大人陷入彻底的迷惘了。他忽地又想起白日里朝庙神锦袍吐的那口唾沫，一时竟难以分辨那是一口怎样的唾沫。窗外依然还喧闹着的，是那些不肯归家的乡人们。王寅轻轻把他的袍子从黄苗的手底下拉了出来，他无法告诉外面的人，这里面讲述的是这样一个故事。他命人把门打开，他想他没权力判黄苗死吧，他思忖着，走入人群。

倒不是因为惧怕那酷烈的庙神——县令大人对自己说，绞尽脑汁地确认着，到底这一桩桩祸事是从哪里开始出的错。

最后，他没有寻出结果，便只好缓步穿过人群而想到一整个时世的艰难，而侥幸于明日就要离任，彻底离开这鄱阳湖畔了。

他管不着了。

王寅痛笑，把黄苗和他吃掉的三十人全托付给了下一任县令。

至于后任者到底怎么判的，王寅不想关心。多年以后，他辗转听平固县一位旧识说起过那个黄苗。

据说他后来还是回到了家里，安安生生，又活了八年之久呢。

谷於菟

楚有良相斗子文，曾助楚王北上争霸。据《左传·宣公四年》记载，斗子文出生即遭母家嫌恶，成了荒野中的弃婴，幸得母虎喂养，得以存活。楚人把“乳”字叫作“谷”，称老虎为“於菟”，令尹子文遂得名谷於菟。后世受虎乳哺育过的人，也常唤作此名。在清人宣鼎的集子《夜雨秋灯录》里，就有一篇名为《谷於菟》的故事。

明朝末年，青鲁山一带多有老虎吃人作恶，惹人惶惶。但山里人家，总要有人上山砍柴才有柴火助炊。一日大早，刚满十二岁的女孩李露儿便爬上山砍柴去了。家中父母年迈，露儿自幼便背着斧头入山，虽听过不少野兽吃人的异闻，因自己从未遭遇，倒不似乡人那般害怕。寻到一处较矮的树丛，露儿便抡起斧头砍了起来。呼呼哧哧干了半晌，脚边积下不少树枝。露儿麻利地卷起它们，往肩上一扛，大步下山去。许是这日抡斧过于用力，露儿觉得有些目眩，脚下总是一会儿深一会儿浅。

露儿觉得不大妙，远远躲开据说高足百仞的崖边，留神脚下的时候肩上的柴火却不听话地全散开了，七零八落滚向山下。露儿赶紧手搂脚拦，好不容易抢救下几根柴，人却失了平衡，抱着柴火就滚下了山崖。

“唔呦——”

刚上山的老樵夫眼瞅着花一样的姑娘陨了性命，连摸带爬奔下山去。露儿父母尽管老迈，一听老樵夫报信便什么也不顾了，三步并两步就奔了上来。做爹娘的在露儿坠崖处哭得死去活来，直让正午的太阳晒干了眼泪，崖下却连个声响都没有。

“回吧。”那老樵夫和接连上山的乡民轮番来劝着。

母亲王氏号哭的嗓子已没声响，如一根干柴从喉咙插入胸腔，她只是枯坐着。众人见她不哭了，七手八脚把这一对失孤的老夫妻搀下山去。老来才得了个丫头的李老头默默不语。风窸窸窣窣地吹过来，他似乎听到那老樵夫对乡民们说：“小丫头死得蹊跷啊。”

“怎么个蹊跷法？”有人这么问道。

“是被什么东西缠了身才滚下去的。”老樵夫说得像是个秘密，可大伙儿都听到了，包括露儿的老父老母。

此后月余，青鲁山下似从没有过露儿这个人。王氏同外人再没说过自己女儿，同当家的也不提这短命的孩子。只有到夜深了，王氏会盯着露儿常用的那柄斧头看上一会儿。李老头后来上山找了好久才把这斧头找回来，现在他日日带着这柄斧头上山砍柴去。

这一日正午，李老头背着柴火蹒跚走到院门口，气还没喘匀，就看到老樵夫跌跌撞撞从他家奔了出来。

诶？他还没问出话来，就看那老樵夫面色青白，夺门而出。

李老头心下生疑，迈进家门一看，当场骇得退出门来。原来他那跌落山崖的闺女正坐在近门的板凳上，朝她娘亲说着话。可其母王氏的面色却同那老樵夫一般模样。她整个身子都贴在墙上，一根手指紧张地抠着墙皮。

“当家的——”王氏看到李老头躲在门外，大喊。

露儿扭过头来，李老头看到她脸上现出不寻常的红光，咧开嘴笑着，朝他喊着“爹爹”。

“你……你……，不是掉崖里去了么？”李老头还是不敢进屋，只是遥遥问着。

“是啊，可我没死，”露儿跳起，迎到李老头跟前，兴奋地抓起他的胳膊，说道，“老虎救了我！”

李老头尽管有些害怕，但一触到露儿结实温热的膀子，他有点信了。

“真的，”他看向王氏，“闺女没死，”他笑，“你看她还长高长壮了！”

“瞎话！”王氏整个人都趴到了炕上，她哆嗦成一团，却挑高了声音，“哪有遇到老虎还能活着回来的？我闺女早摔死了！没摔死也早被老虎吃掉了，她是伥鬼！回来是要为大虫索我们的命啊！”

李老头一听这话立刻警觉起来，是有不少被老虎吃掉的人，死后甘愿做老虎的伥鬼，夺家人性命的。

噫！李老头挣开露儿的胳膊，又退至门边。

“爹，娘！我好不容易才回来，怎么就变伥鬼了？”露儿急着辩白，却没有任何法子。李老头院里已经聚了不少乡民，他们手上都拿着棍棒和麻绳，一副又恐又怒的样子。

王氏看外面人多起来，壮着胆子从炕上爬下，三两步跨到门边，厉声道：“伥鬼！你不是我闺女。”

说话间，她飞快跨过门槛，大力把门一关，操起一把锁头，便把门重重锁上了。露儿大力摇晃着门，在门内哭喊道：“娘，我是露儿啊！娘，老虎都怜我，爹，我是人，不是伥鬼——”

李老头和王氏连连后退几步，只是听着，不为所动。老樵夫又上前道:“那时我就觉得蹊跷,现在看来没错了,你家闺女就是被大虫卷去,现在又回来要我们所有人的命啦!”

老樵夫此语一出，听者无不惊愕。李家老夫妻像是犯下大罪，面色煞白，忐忑着不敢发声。他们听到有人说要进去砍了这伥鬼，可一问，又无人有这胆量。最后还是王氏咬着牙说道:“伥鬼也要吃食，饿死她，咱们活活饿死她。”

乡民们纷纷点头应允，门那边露儿还在拍门恸哭，直直从天明哭到天黑，从天黑又哭到天明。李老头赎罪似的，守在门边做伥鬼的看守。他手里攥着露儿曾经用过的斧头，里头那东西若敢冲出门来，他就用这把斧头大力砍去——

“爹爹……”忽地，他听到露儿的絮语。她不再哭，只是低声叫着。

李老头攥紧手中的斧头，一时有些动摇。

“爹爹……”她不住叫着。

“诶。”李老头朝里看看，忍不住应了一声，却又后悔起来。

露儿抽泣起来:“那天我在山下，也这样叫着，叫着爹爹。”

李老头不作声，心里想着伥鬼怕是要迷惑他。

露儿继续说道:“我掉到崖下面，以为我死了。后来觉得腿上剧痛，才想明白我还活着。我好不容易才找到一个山洞。好大的山洞，阔得像是谁家造的夏屋。爹爹，你不是说过，你想造个又大又阔，又风凉的夏屋吗?就是那样的山洞，我进了那样的山洞——”

“你闭嘴!”李老头看到老樵夫带着人来交班，忙从门边弹开。他站在听不到伥鬼胡言的院门口，想起自己确实想造一间敞亮的夏屋，同那伥鬼说的一样。

此去几日，乡民们发现伥鬼虽然声息愈来愈微弱，竟然还不足饿死。王氏似是恨足这伥鬼占了她女儿的身子，没日没夜地只管诅咒着，再没到自己家院里看过一次。李老头却被要求每天夜里都要守夜。他有时听见里头轻轻喊着救命，有时又听到伥鬼为迷惑他编造的故事，李老头有一搭没一搭地听出个大概。

伥鬼说那夏屋似的山洞里有两只虎崽子，模样还没小猫大，乖顺得不得了。她也不害怕，逗弄起那两只崽子。没过多会儿，她闻到一股子腥风，紧接着，一只母虎咆哮着走进来。这母虎见她怀里抱着乳虎，也没有加害它孩儿的意思，便盘卧下来，自顾自哺乳起来。

李老头听到这里时发出浅浅一声“噫”。会有老虎不吃人？他可不信。可屋里的伥鬼只是不停讲下去：“我看老虎没有要吃我的意思，胆子就大了起来。眼看它就要睡着了，而我饿得快死了，便对着老虎一拜再拜，求它可怜可怜我。我说，大王既然不杀我，能不能分些乳汁给我充饥？”

李老头觉得伥鬼编故事的本事了得，可他晓得自家女儿，哪有胆子求老虎的奶吃？啧啧，他也不答话，只是听着。

“它盯着我的脸，看了好久，才点了点头。我吮着它的奶汁，饱了就倦了，干脆就靠在老虎身旁睡过去了。白天，它舔了舔我的脸，就跟舔它自己的小虎崽一样。觅食回来，它还特意把果子衔到我身边。我高兴得不得了。爹爹，我知道我得救了。就这样过了好些日子，小老虎都长大了。虎妈妈要带着它们一起出洞，我便求它带我离开。我思念爹娘，我想回家。虎妈妈背着我跃上山崖，一直把我送到大路上，这才放我下来。我跪下来拜别救我性命的虎妈妈，它也舍不得我似的，不住地回头看我。我虽然难过，可一想到马上就能见到爹娘，便高兴地一路奔回家里，我本以为……本以为……”

“哎！”李老头听到这里长叹一声。他听到门那边不作声了，似乎是在艰难地翻动身体。他看到露儿枯槁的脸出现在门缝处，在月光的照耀下，她脸上的红光不见了，李老头一时分辨不出她究竟是伥鬼，还是他就要饿死的闺女。

“爹爹。”那骷髅似的东西哀求道，“给我一口吃的吧。”

李老头狐疑地看着，有些难过。

“给我口水喝吧。”那东西的目光落在李老头身旁的半碗水上。

这夜月光很是苍凉，把水也照成冰蓝的颜色。

李老头端起那碗水，可看到露儿那不寻常的渴望目光，突然又害怕起来，重又把那碗水放下。他蹲在门缝边上，用干哑的嗓子说道：“要真是我闺女变的，你听着。”

露儿用尽全身力气使劲仰着头听着。

“你做了伥鬼，我跟你娘也很难。”

露儿还想要辩白，但实在没了力气，体内仅存的一点水从眼中溢了出来。

“老话说唐朝有个小孩儿，诶，这故事，你记得我跟你讲过吧？这小儿知道自己要被老虎吃了，一准变伥鬼，回来害人。他死前就跟爹娘说好，还让村里人做个陷阱等着老虎来。没过了几天，这小儿还真被老虎吃了。他托梦给他爹，说爹啊，我已经做了伥，明天会带老虎来，还让他爹在村西边速速挖个陷阱。后来你还记得吧，他爹跟乡亲们挖了个陷阱，果然把这害人的大虫给逮住了。”

李老头说到这里，停住了，他看到门缝里那东西闭上了眼睛。李老头以为伥鬼已经去了，没想到忽地她又睁开眼睛，瞪着他。

“我苦命的闺女啊，你要是真做了伥鬼，也要做个好鬼啊。你也像那小儿一样，把那母大虫引过来，咱们想法子一起捉了它，到时，你爹我也好找个法师给你度一度，让你早去投胎啊。”

他这话说完，露儿再不作声了。只见她背过身去，不一会儿，整个身子都倒在了地上。李老头不知她到底是死是活，不敢贸然进屋去看。他心思烦乱地盘坐门边，喝掉半碗水，静了静心，闭上眼睛小憩。大约东方微微有些晨光的时候，李老头睁开眼睛，远远看到一个身穿黄袍的婆子，一脸怒气地走来。李老头闻到一股子腥味儿，慌忙站起。只见那婆子走到他近前，瞪着他大喝道："里头那人是谁？"

"是，是伥鬼。"李老头不知为何被眼前人威吓得浑身发抖，嗫嚅着答。

"胡话！那是你闺女！"一声虎啸擦过李老头双耳，他吓得缩成一团，只听那婆子又道，"你闺女也是我闺女，她要是饿死了，我定来杀你全家！"

李老头慌忙跪下连连磕头求饶，只觉周身有旋风疾走，震彻山林的虎啸声层层袭来，李老头备感恐怖，竟至失了知觉，瘫在地上。直到太阳升起，神色惊惶的乡民纷纷赶来，老樵夫费了老大劲儿才把李老头推醒。

原来昨夜王氏也见到那黄衣婆子，山下各家各户都听到了可怕的虎啸。王氏已被那老虎变的婆娘吓破了胆子，她手忙脚乱打开门锁。李老头想起那黄衣婆子的话，第一个冲了进去，抱起他的"伥鬼"女儿，奄奄似还有一息……

几日后，露儿由爹娘悉心照料，竟活转过来。那些日夜担心母虎迁怒于己的乡民们这才放下悬着的心。露儿因饮过虎奶，身子日益强壮，长得健硕又俊美，很有些声名。一位将军听说后寻来，迎娶露儿为妻。据说露儿帮将军屡建奇功，还被朝廷封了夫人的名号。李老头和王氏备感荣耀，谁也没再提过曾把亲生女儿当伥鬼的事儿。

故事讲到这里已是皆大欢喜，本该画上句号，但清人宣鼎似有些幽愤不得不发，也罢，抄录在此：

女不死于虎，几死于骨肉，可为奇矣。嗟乎！古之孤臣孽子，血凝赐剑，祸伏寝门。山鬼朝游，岸有行吟之客；妖狐夜泣，庭有待罪之人。沉郁悲凉，有至死而不能见谅于君父；恐山君闻之，亦当为之不平。噫！安得千万亿白额，遍为梦中人饶舌耶？

祖先怪

夏夜读书本是快乐事。对忙于备考的孙秀才来说，夏夜即使漫天飞舞着小虫也毫不碍事。唯有一样，孙秀才近来颇不能忍耐。

那夜，孙秀才焚香沐浴，颇觉思维顺爽，浑身舒快。他如常来到读书斋，翻开一摞摞的圣贤书，畅快地诵读着，却不料才过了一小会儿，便觉顶额瘙痒，似有什么东西在蠕动。孙秀才正读得酣畅，用手轻拂额头，却摸到一撮不属于自己的毛发。心下一惊，眼皮稍抬，秀才捻住那还在动的毛发凑近一看，竟是一缕白毛须。他扬起头来，只见自己额顶上还悬垂着不少哩，足有千万条。

孙秀才觉得奇怪，寻着毛须再往更上面瞅，这才发现这些如柳枝一般胡乱摇摆的东西悉数出自屋梁一块古匾上。孙秀才又举了烛火去瞧，见那匾额已不是平日里老朽中正的模样。匾上本有大笔豪挥的“汲古得修绠”五字，此刻却空无一字，只有一人面大如七石缸，眉眼口鼻皆常人模样，正笑嘻嘻地朝孙秀才看。秀才虽觉怪奇，但平日里阅读甚广杂，知道不少狐仙鬼怪的故事，也算有胆青年。他用手捋那大面上的白须，大面呼呼有声道：“好儿孙，好儿孙，好儿孙……”白须也应声缩回匾中。

孙秀才瞧着有趣，这匾自父亲儿时就挂在读书斋梁上，物老成精，说不准这大面还真是自家祖先所化呢。他于是毕恭毕敬地再用手捋白须，匾不停口地叫着，白须竟一一缩了回去，最后只留下慈眉善目一张大面孔，依旧对着底下的“好儿孙”笑。秀才在案几上又加一小凳，颤巍巍踩上去一瞧，那大面却没了踪影，匾上重又写着“汲古得修绠”。孙秀才只好下来，接着读书，可刚念没几个字，白须又如刚才一样，条条垂在他的额上。孙秀才有些不耐烦了，伸手去拉，白须便又缩回。如此几番往复，孙秀才早失了读书的耐心，干脆熄灯睡觉去了。

到了第二夜，孙秀才如常坐入读书斋，那白须又无声无响地垂下，长及“好儿孙”的眼眸处。无论孙秀才是坐，是卧，是站，还是藏于案几之下，匾上大面总有办法遮住他的眼睛，让他看不得书。孙秀才怒极，操起手中的砚台朝屋梁砸去，正中匾心，响若木鱼。那匾中大面似乎终于知趣了，有好几日没来叨扰。摆脱了顽劣的祖先，孙秀才重整精神，夜夜挑灯，全情投入科举备考中。可才过没几晚，那讨人嫌的祖宗却找到床榻上来了。

一开始秀才只觉身侧有窸窸窣窣的声音，翻了个身，却感到浑身上下像爬满蠕虫。睁眼一看，那笑嘻嘻的人面就躺在他的枕边，伸出无数白须将他从头到脚绕了个遍。孙秀才顿觉满腔怒火，一把推开大面，并用枕头击砸。大面绕地游滚，白须飘散如转蓬，飒飒有声道：“不肖子，不肖子，不肖子……”

孙秀才一路追打那大面到读书斋，家人皆被他的打骂声吵醒，追随而来。在众人的尖叫声中，大面呼呼又转回匾上，再不见踪影。孙秀才刚要踩上案几，取下那匾，烧了痛快，老母亲却死死拉住他，说什么也不准他冲撞祖宗，毁了先人对孙家的庇佑。孙秀才无法，只好悻悻然回到卧房，焦躁得一病不起。

月余，孙秀才好友袁孝廉入宅拜访，闻此异事顿足大骂，只道秀才糊涂。

孙秀才双眼耷拉着，面色灰白，无力地辩白道：“我现在想想，老母说的也有道理。咳咳，就算那是怪，也是我孙家的祖先怪。我这次要想高中，还要、还要靠祖宗。”

“你这人，”袁孝廉摇头大笑，“祖宗把你命都要去了，还侈谈什么高中？”

孙秀才闻此捂住胸口，咳出眼泪。“那袁兄，你说，该怎么办？”

“当然是一把火烧了它。”袁孝廉推开屋门，“一刻也耽误不得了，我立刻就去跟令堂说。”

半个时辰后，孙秀才在床榻上听到一声哐当巨响。他走到门口，看到袁孝廉果真说动了母亲，从梁上取下那匾，一劈而成两半。孙秀才于是也跨过门槛，由人扶着，来到读书斋前。

袁孝廉把手中的火把递给好友：“你亲自来吧。总要跟你的祖先怪告个别。”

孙秀才接过，一把火直接扔到破匾之上。他再看不到那张笑嘻嘻的大面，只看到“汲古得修绠”这五个大字，渐渐烧成了灰烬。

“字是好字。”他不无遗憾地对好友讲起这话。袁孝廉也点头表示赞同。

数月过去，孙宅再无白须大面出来捣乱。孙秀才在家人照料下不仅养好了身体，更登第高中，光耀门楣。

奴官冢

转眼又是秋收，鄮县村人围坐田间，每个人脸上都有愁苦之色。照说这年风调雨顺，再过一两天，田里稻谷便能大获丰收，农人们该赶紧忙碌起来才是。可眼下，他们只三三两两倚靠着，眼皮耷拉下来，绝望地看着他们的田。

田里稻谷大半都已掉了穗头，根本长不到成熟的时候。

“多少年了？”刘老汉把肩上的扁担扔下，走到乡亲们中间，“自打在这奴官冢边上种地，咱们的收成就从没好过！”

刘老汉所说的奴官冢，是村人们身后微隆起的一个小土坡，墓主据传是后汉时期某一出身低贱的军中郎官。按说死人墓中安眠，活人播种丰收，本该两不相犯，可偏偏是绕着奴官冢的一圈稻谷，总在秋收之前便被薅去沉沉的穗头。村人们不知道什么缘故，为此事叫苦数年，还跑到官府去讨说法，可总三两句就被县令打发回来。这一年，当看到刚抽穗不久的稻谷接连又被薅成秃秆，农人刘老汉实在不能再忍了。他召集大家聚会在此，就为解决此事。

“老叔，”章家后生小五站了起来，“我看这缺德事八成跟那矮坟

刚刚骇破胆的农人们，听到『咯咯冈——咯咯冈——』的鹅叫声，纷纷睁开了眼睛。大鹅们摇摇摆摆，徜徉在稻田里，寻觅还没被它们啄去的稻穗。一旦寻得，四只鹅便仰起脏兮兮的脖颈，争抢着就将一根稻秆上的穗头嗦得干干净净。

有关。我今晚豁出去，就守这儿。人来了我捉人，鬼来了我捉鬼！”

众人听了这话，都面面相觑。一个瘦面的农妇讥诮道：“咱们都知道这奴官冢里有不少宝贝，你一个人在这儿，盗东西出来转手再卖喽！”

“你这是什么话？”章小五捋起袖子，气极，“我豁出命来帮大伙儿，你——”

刘老汉赶忙上前拦住章家后生，摆手笑笑，道：“都这么些年了，谁要盗墓早去盗了。咱这乡里没人干这营生，活着下重刑，死了还得下油锅。”

众人又不说话，只狐疑地盯着刘老汉。

“这样，咱们各家都派一个顶事的出来。晚上都守在这儿，呐、呐，”老汉往奴官冢后面一指，“这后面有个石沟，咱们都藏那里去。”

众人皆点头。瘦面的妇人笑了，朝章小五道：“还不都是为了收成。”

章小五并不理睬，独自蹲在田垄上，等天黑。

到了夜里，刘老汉带章小五等村里八个男丁，均藏在奴官冢后面的沟渠里。秋夜甚凉，有几人坚持到后半夜，又冷又倦，心下就打起了退堂鼓。有人耳语刘老汉道：“眼看天都要亮了。守不到，咱回吧。”

刘老汉在暗夜中摇头。章小五低声喝道：“谁想走谁走，我跟老叔就耗这儿了。”

众人无法抉择，在月影下各自盘算。忽然，几步远的矮坟上似有鬼影晃动。村人们立时惊出一身冷汗，秋风飕飕往颅顶上钻。有人躲藏到章小五身后，有人用手捂住了眼睛。小五虽也吃了一吓，但大话吹出去了，只能和刘老汉一起硬撑在众人前面。两人睁大了眼睛盯着纷纭而出的鬼影，借着一点尚算明亮的月光，总算看清奴官冢内跑出的邪祟，竟是四只高猛的大鹅。

刚刚骇破胆的农人们，听到“咯咯冈——咯咯冈——”的鹅叫声，纷纷睁开了眼睛。大鹅们摇摇摆摆，徜徉在稻田里，寻觅还没被它们啄去的稻穗。一旦寻得，四只鹅便仰起脏兮兮的脖颈，争抢着就将一根稻秆上的穗头嗦得干干净净。

“原来偷我们粮食的就是这些个东西。”沟里的农人躁动起来，有人边说边要从沟里爬出，势要生擒这四只大鹅。刘老汉却把大伙儿拦了下来。待四只鹅吃饱了，摇摇摆摆又钻入奴官冢，刘老汉扭过头来。月光打在他的脸上，眼睛晶晶亮。

“老叔，拦着大伙儿干啥？”章小五不解。

“就是，你这老汉，吓，”有人嘟囔着，“咱刚把鹅捉了，明年的收成不就保住了？”

刘老汉只是笑笑，不答。

一处暗的月影下，有个高壮的汉子开口了：“捉了鹅有什么用？说不定里头还有鸭子、牛，要不就是羊。明儿天黑了，脏东西出来，照样糟蹋。”

章小五仔细一看，此人叫王耙，与白日里讥诮他的瘦面妇人正是一家。

“我要说的也是这个。”刘老汉正色道，“奴官冢里，都说有宝贝。除了宝贝，除了这些蠢头鹅，还有啥？咱干脆进去看看，盘盘。反正各户当家的都在这儿，互相也做个见证。”

众人心领神会，默默点头，唯章小五不能理解似的，皱起眉头：“这不对，老叔，这，这是要大伙儿去盗墓——”

“诶？”刘老汉拧了下眉毛，“可不能说是‘盗’。地下的先来偷咱地上的，一偷好几年，咱总得讨个说法不是？”

“就是！”王耙双手一撑，翻过石沟，跃到奴官冢跟前，并从地上随便捡起根烂木棍，“它们能偷咱的宝贝粮食，咱就不能去拿它几件？”

王耙说完就往大鹅跳入的地方伸腿，其他村人都怕落了后似的，匆忙摸了木棍或石头，争着翻到石沟上面去了。章小五愤愤然看着自己的乡人，尤其盯着刘老汉黑黢黢的后背。老汉翻到沟上，转过身来想拉小五，小五却执拗地窝在石沟里，一动不动。“老叔，这就是盗墓，咱不能去。”

“不去？”刘老汉惨笑一声，“你看看今年这收成。我不去，你老婶娘冬天可就没活头喽。”

刘老汉说完便朝那墓口一跃。

过了好一会儿，章小五才从沟里站起。他望着鬼气森森的奴官冢，看到墓口一个活人都没有了。

活人们此刻挤在又窄又矮的墓道里。等刘老汉钻入墓道，王耙道：“一会儿出去分完东西，想办法弄死章小五。”

刘老汉看大伙儿都点头，只好也点头应道:“死人就不会去告官喽。”

刘老汉边说边擦起火光，又扑棱棱听到扇翅的声音。刚刚饱食过的四只人鹅冷不丁扑上来，鼓翅击打入墓的贼人。刘老汉脚踝剧痛，低头看到一只大鹅正死命啄他，十分难缠。众人或扔石头，或举着木棒胡乱击打，好一会儿才消停下来。农人们气喘吁吁，眼前已没了大鹅，只四只齐人高的铜鹅立在眼前。众人不说话，各自绕过铜鹅朝厅里弓身行进。才在墓室外厅走了几步，刘老汉便收获宝剑两柄，更有许多宝石器物，农人们都不知道该叫它们什么。怀着兴奋和恐惧，众人鱼贯入墓室，却不料险些跌入水中。刘老汉看墓室水深，便招呼大家朝外走，一扭头却见一紫衣人立在门口，面目不清，四肢枯瘦。

众人啊呜乱叫，知这紫衣人必是墓主。唯刘老汉保持清醒，举起刚得的宝剑向拦路鬼劈去。紫衣人闪避及时，与刘老汉扭打起来，农人们见状纷纷操木棒朝那鬼击打。此鬼虽在后汉军中做过郎官，可毕竟寡不敌众，一路嗷嗷叫着逃出他的墓。

蹲坐在墓口的章小五正忧心着乡亲们的生死，却忽见一打扮怪奇的紫衣人从奴官冢中跃出，如夜风一般拼命奔跑。小五抬脚追随，一路跟紫衣人跑过稻田，跑过村庄，跑入县城。章小五全不知这紫衣人要冲往哪里，最后竟望见他闯入县衙大门，凄厉叫道："贼人在盗我的墓！"

章小五跑得几近昏厥，摔在地上，模模糊糊间，他听县令大人怒问："你的墓在哪儿了？"

那紫衣人也喘得厉害，答："正是县东奴官冢……"这鬼竟跑来告人状。

章小五想到他可怜的乡人们，用手撑地，想开口求情。可他毕竟体力耗尽，只在喉头咕哝着："龟儿子，明明是你的鹅，先偷了我们的食。"

三天以后，章小五才从昏迷中清醒。他从村上哭泣妇人的口中得知后来的事情。那夜拂晓时分，县令派官差们包围了奴官冢，把从墓口爬出的刘老汉、王耙等八人当场擒拿，人赃俱获。

小五不知他的乡人会被判什么重刑，也无从询问那些赃物后来有没有归还给奴官冢的紫衣鬼。但据说开元末年，这地方上的刺史向朝廷进献了后汉宝物三十余件，其中就有刘老汉盗墓偷来的那两柄宝剑。

这都是后话了，农人章小五未必能知道这些。在等待县衙下判的那个冬天，小五听闻刘老汉家里草草办了场丧事。

老婶娘终于还是死了。

章小五站在他枯荒的稻田里，盼着来年的收成。

鬼哭

清顺治初年，山东高苑人谢迁曾率众起事，攻破数座城池，血洗官宦宅邸，盘踞淄川数月。生于淄川的聊斋先生蒲松龄时年七岁，也曾亲历农民起义军的破城，及后来的官兵围剿。聊斋先生成年后，有关此事的模糊印象化作鬼故事数则。其中一则名为“鬼哭”的故事，便是从“谢迁之变”开始讲起的。笔者以下所述并不照搬此故事，只消化对该故事的一种理解。

六月以来，自贼人谢迁占下淄川，书生王皞迪就没再进过城，只闭门读他的书。世伯王七襄是淄川县城里的学使，这一向也避在乡下，数日前却派人送了信来，邀他到城里赏菊小叙。往年此时，秋意送爽，王皞迪确实会到世伯家里借宿一阵，但如今的时局让王皞迪对进城一事颇为犹豫。他出门向隔壁西院头的果农牛大打听，才知官兵与贼人血战两月，谢迁等叛贼已悉数除尽。

“那么总算可以到城里走走了。”王皞迪松口气，脸上泛起欣悦的光，“我可一直惦着城里的秋菊。”

牛大听了这话，面色一灰，劝道：“王小公子，还是再等等吧。听说这一夏天，城里可死了不少人。”

“怎么，”王皞迪嗤笑牛大俗昧，“你是怕贼人做了鬼，还不肯罢休么？”

“怎么不怕？你看，”牛大抖抖身上的扁担，瞥着他没卖完的新鲜果子，“天黑前我肯定收摊子回家，就怕在城里撞见鬼。”

“说得吓人。”王皞迪依然在笑，心里却也有点凉飕飕的。牛大干脆放下扁担，倚在王家门柱上，把他新听来的传闻都一股脑儿倒了出来。

“前两月，城里那些当官的不都跑了么？多好的宅子，嗨，全变贼窟了。就说城里王学使那宅子。”

“怎样？”王皞迪凑近一步，细听。

“这俩月好多贼人都住他家。”牛大顿一下，靠近了，低声说，“这不前两天官兵破城了么，撞开大门冲进去，一刀剐一个，贼人全死王大人家里头了。哎哟，我可听人家说了，他家台阶上堆满了死人，血流得到处都是。”

王皞迪静看牛大，不动，心下却一沉。牛大继续说道：“不过这王学使也不是凡人。”

“怎么说？”

“他一听谢贼死了，一刻不等就从乡下奔到城里。咱们怕，人家可不怕。王大人亲自把家里的死人一个一个扛出来，还撅着尻子洗了好几天的地。现在没事人一样，都已经住进去了。”

“唔。这样。”王皞迪点着头，听了牛大这番描述，心里竟蓦地生出些胆气。既然世伯是这样的胆壮人，作为后生他王皞迪也不能胆怯。这次如不赴约，传出去总归让人笑话。他于是转身回屋，准备收拾几件换洗衣裳明日就进城。可邻居牛大却没完似的，还在讲：“那宅子大白天就能看到鬼！”

牛大蹲下，又挑起他的扁担，望着王家公子，“到晚上，床底下鬼火乱飞，听说，屋里每个墙角都有贼鬼大哭小哭——”

王皞迪听到这里，不禁大笑，打断了牛大的描绘：“信口胡诌。真若如此，王学使这大活人，还怎么住得下去？”王皞迪重重掩上他的门，邻人牛大摇摇头，担着他的果篮子迈进自家小院。

第二日，王皞迪便入了城。

秋风是有些微凉，淄川好像也不似从前那般热闹。王皞迪看到城里有多处宅院已经坍圮，发黑的污血散布着，有星星点点溅在墙上的，也有大片大片涂留在地。街市上随处堆放着一垛垛草席，王皞迪不用走近便知，草席之下必是未来得及掩埋的死尸。

臭味熏染着淄川县城，但人们也如常行走其间。在一户卖胭脂的小摊前，王皞迪看到两位妙龄女子正把胭脂凑到鼻前细嗅。她们身后五步远，堆放着草席卷裹的或官兵或贼人的腐臭尸身。女子们显然未受什么影响，白净的脸上依然是挑选好货时欢欣的表情。王皞迪起初还觉得有些惊奇，但走到王学使宅前，想到自己也是赴约来赏秋菊的，便又觉得实在没什么好奇怪的。

人大抵都得如此。他敲开王学使家的门。

满院的秋菊正缤纷着，比前一年甚或开得更好。王世伯亲自来开门，精神矍铄。满院除菊花热闹，其余处皆干净。王皞迪走进，只觉厅内清气高爽，院内斜阳残照，毫无阴森鬼气，不似外人所说。他既讶异又钦佩，见世伯兴致全在赏花和叙旧，并未提及此前宅院变贼窟的糟乌事，便也不提那话头，以免扫了主人的兴。

这个晚上，天高月明，王皞迪菊中饮酒，与世伯聊得欢畅。席间，门房王元家的妇人柳氏频繁端酒送菜，王皞迪这才想起进门来还未见到那位面善的看门人——王老头，他一向待王皞迪亲切有礼。趁着酒兴，王皞迪便朝柳妇人探问。没想到柳氏一听问话，脸上便起了哀容，最后竟掩面而去。

王皞迪困惑的目光转向王学使，王学使摆摆手，自饮一杯。“王元家的正犯难呢。”

“怎么？”王皞迪把刚端起的杯又放下。

“谢迁那贼冲进城来的时候，王元看门护院，尽心尽力。可几天前，也不知什么原因，他忽然就病倒了。那病起得又凶又急，大夫也没好法子。到今天，人还在屋里昏迷着。”

“唉。这如何是好。”王皞迪叹口气，淡淡应着，耳畔却响起牛大浮泛的声音，说这宅子白日见鬼，夜夜鬼哭。王皞迪心里一紧，只好不作声，看向世伯。两人又空坐了好一会儿，见那柳妇人不再送吃食过来，王学使念叨一句“天凉了，也罢”，便起身独朝卧房去了。

王皞迪也觉出了寒意，赏菊的心情在夜的阴沉里，早已消散。他借着月色摸回客房，只想卷紧被子大睡。可蜷在床上时他忽然又觉得，自己卷被的样子与白日里那些裹草席的死人无异。想及此，不禁浑身一个寒战。

努力入眠，尖细的叫声却突然出现在床底。“皞迪！皞迪！”

床板底下果如牛大说的那样，有鬼么？王皞迪不敢再想，只惊悸得蜷起全身，闭紧眼睛。可唤他的声音不仅越来越大，还越来越多，其中还间杂着男或女、老犹少的哀号：“我死得苦！我死得苦！”

贼匪！王皞迪心中暗骂，恨贼人死透了竟还要叫苦。

可心中刚动骂念，床底、房内接连哭声四起，就连屋外，不一会儿也是满庭哭声。“我死得苦——死得苦——”

鬼哭声声撕扯着王皞迪的耳膜，剧痛。王皞迪不得不捂住双耳，藏于被中。忽然，有人霍地推开屋门，王皞迪翻被一看，竟是世伯仗剑而入，威风凛凛地呵斥道：“贼鬼！杀人性命，侵人宅院，现在还敢作乱！”

王皞迪钦佩至极，大呼救命，躲到王学使身后。但鬼哭仍不止，王皞迪攥紧王学使腰间的衣带，瞧见墙角有飘飘鬼影，扑面拥来。世伯大臂舞剑，再次厉声喝道：“你们算什么东西？夜夜来犯，难道不知我是淄川的王学院吗？”

众鬼听了这话忽止住了哭声，却于暗影处发出嗤嗤狂笑。王皞迪更听到有贼鬼竟用鼻息冷笑，以示揶揄。王七襄学使闻此勃然，挥剑横劈竖砍，却连鬼影都没有挨到，只把客房的被褥床板砍了个稀烂。

天明时候，众鬼消散。王学使筋疲力尽，而王皞迪早已吓得瘫软在地。等不及城门开，王皞迪胡乱理了包袱，告辞离开王学使的鬼宅。奔到街上时，淄川城的晨雾还未消去，王皞迪战战兢兢地缩身前行，只感到雾气搅扰着他，让他不能分辨此刻街市上慢慢多起来的行人究竟是人还是鬼。

回到乡下家中，王皞迪也不理会邻居牛大的问候，只窝进房内，一瘫就是好多日。足有月余，王皞迪才觉精神回转。偶有些时候，也能下地到牛大家的院子里，逗弄他养的兔子与八哥。牛大照旧每日到城里去售卖他的果子，回来时，总还能带回些城里的异闻。王皞迪自上次仓皇逃出王世伯的宅子，一直觉得有失礼数，怕是寒了世伯的心，这日便有意向牛大问起王学使宅内的情形。

“你不问我还真不敢跟你说。”牛大似乎憋了很久似的，边喂兔子边说，“自打你上次撞鬼回来，王学使总算下了决心，请人设了水陆道场，天天给城里死掉的贼人超度。”

这是好事。王皞迪感到宽慰。

“不光超度，晚上这王学使还会抛鬼饭到地上。”

“是么。那些鬼肯吃吗？”

“怎么不吃？”牛大把烂菜叶塞进兔笼，“听说王大人的饭撒到哪里，哪里就一片鬼火，一到晚上，那宅子就闪着蓝荧荧的光呢。”

“唔。那吃了鬼饭，鬼可还要闹？”王皞迪此刻关心起王世伯的精神来。

牛大忽然瞪大了眼睛，朝门外看去：“诶，你找谁？”

王皞迪闻声朝外望，只见一个佝偻老者正站在自家门前，头朝里探。牛大粗声一问，那人转过头来，王皞迪认出此人竟是给王世伯看门的王老头。

“王公子！”这佝偻的看门人已恢复了从前的精神头，红着脸朝王皞迪笑。

王皞迪走到门口，王老头上下打量他道：“听说公子病了，老爷让我来看看你。看来挺好，没什么大问题吧？”

“世伯费心了。”王皞迪笑笑，也打量起对方，“上次我到城里去，听说你昏迷病重，现在可是全好了？”

“全好了！”王老头呵呵点着脑袋，“其实你们都说我病了，我倒真没觉得。”

“这怎么说呢？”王皞迪困惑问道。

王老头抬起眼看王皞迪，依然笑哈哈的，但又皱着眉：“我只知道，有一天醒过来，我那老婆子非端饭给我吃，说我昏迷了好多天，指定饿坏了。”

“是啊，昏那么久，是要补补的。”

“补什么啊，”王老头把脸凑过来，皮全皱在一起，笑眯眯地说着，“每天夜里，老爷也不知怎么回事，好菜好饭全撒到院里。我看好多人都去吃，我也就跟着他们一起吃。你想想，吃饱了才睡的，醒来又怎么会饿呢？”

“是，是。”王皞迪哑笑了。

他想喊牛大，却喊不出声。别人看到他的精神，只是消残下去。

百鬼送凉

正是盛夏时候，清人李明经独坐院中，仰头忽见红粉一片，浮在合欢树的枝叶上。

“是合欢开了。”身后有学生走近，带着兴奋的语气。他拾起地上飘落的红丝花，朝他的先生笑。

李明经起身，学生并不上前去扶，知道先生虽已七十多岁，却挺拔硬朗，身体好过不少年轻人。

“我看，是时候上路了。”李明经背着手朝书塾走去，那里有数位应届赶考的考生正高声诵读。在崇明这地方，凡想求取功名的，都晓得李杜诗这位老贡生的大名。他过去在县学做训导，赋闲后又在家里办书塾，勤勤恳恳教人读四书五经，人们都尊称他为李明经。按往届惯例，李明经总亲自送学生到考场上去。当合欢花开满一树，崇明人便知李明经要收拾行装，带学生应科试去了。

这一年的合欢花开得稍早些。李明经一行人上路的时候，身上都出着微汗。离开崇明，李明经看学生们皆神态轻松，便也流连起沿路的小舟小河，野花美景。大家走走歇歇，不时酬唱几句诗文，到鹿城昆山时，竟已是薄暮时分。

照李明经过往的经验，此刻昆山街上遍是赴考的人。他们来得晚了，怕是要寻不到住处。果然，派几个学生出去打探一圈，整个昆城已无下榻之所。李明经心下有悔意，不该任着学生们在路上胡闹。

“这可怎么办才好？”他眉头紧锁。

学生们怕先生生气，也都嗫嚅着不敢吭声。好一会儿了，昨日里捡花那学生忽然想起什么似的，开口道：“先生莫急。我听以前的考生说，鹿城东南门那里有一个柏家厅，我们可以去住上一宿。”

李明经听了这话，思忖起来。他过去带学生赶考，确也听说过这个柏家厅。偶有寻不到旅店时，考生们是会到那里借宿。

“我知道那地方，”李明经有些犹豫，“是座五层高的荒楼。为师带你们无缘无故去住没有主人的地方，唉，总觉得不怎样妥当。”

“先生，”又一学生上前，打趣道，“我们都要做天子门生了，怎么，还住不得一座荒楼？”

倒不是那意思。李明经想想，却也不再说了，指指东南方向，带学生们朝那柏家厅走去。他虽一向硬朗，到底已年近耄耋。这一日舟车劳顿，身上困乏得紧，实在需要个住所休整一番。

到了柏家厅，学生们让老师在底下安坐，他们要先上楼简单打扫，好收拾出几张能睡人的床榻。李明经于是扶起一把歪歪扭扭的椅子，坐定，借着烛光，打量这幢被人废弃的荒楼。

看清简的装潢和破旧的程度，这柏家厅似是明时便有的宅子。李明经低头细看，发现家具样式也与时下流行的不同。他站起，走向一张被拦腰砍断的案几，正要细察这案几是何种木料，身后却有学生在楼梯上唤他。

“都收拾好了，先生。”

李明经于是提起袍子，追随学生的一片影子，走上木质楼梯。

楼上经学生们打扫，似是干净了很多。尽管六月盛暑，燠热难消，学生们还是不多会儿便打呼睡熟了。李明经独卧一少了门的厢房，窗外有残月照进，老贡生反没了入城时的倦意。他侧卧在床上看着自己的学生，一个个娇憨可爱，睡样踏实有礼，便觉可喜。也不知出了考场他们是否还能如此安睡，李明经这样想着，昏昏然有了一点困意。刚要合眼，却忽然听到有人在窃窃私语：

“这么热的天，楼上诸公能睡好吗？哎，咱们反正无事，不如上楼给他们驱驱暑气，如何？”

李明经半梦半醒，想着许是谁在梦中呓语，却不料果然听到了纷杂的脚步声，由楼梯而上，并越来越真切起来。

李老贡生这便清醒了。他虽是个读书人，可素来也是胆壮的。

他半睁开眼睛，见有好些个举扇的，来到学生们的床榻前。再细看，其中竟有个无头的将蕉扇插在颈子当中，拍嗒拍嗒地摇晃着，给那好合欢花的学生扇着风。一个没了胳膊的，扇子插在肩上，随他残破的身体，旋转于床帐前，掀动起丝丝凉意。另有断了腿的，一跳一跳跃在床间，一会儿给这个扇扇，一会儿又给那个扇扇。老贡生仔细数起来，这楼上目下有几十个鬼，竟无一个有囫囵样子，不是断头便是断肢，浑身上下都是惨样，声音里却是笑笑嘻嘻。

李明经虽不畏鬼，可实在担心这些阳气吊足的学生会招致阴鬼作恶，在这昆城惨失性命。他的后背整个被冷汗浇湿，却也只能静观，一动不敢动。借着残月的光，忽有一无头鬼将身子转向厢房，李明经大惊，紧闭了眼睛，听无头鬼道：“那里面住的可是进士公，咱们要不先去给他送送凉？”

李明经听了这话，心下暗急：还要送什么凉？他早已从头凉到脚。

他忧惧地张着耳朵听，只怕听到那无头鬼挪步的声音，却忽有一女鬼尖声叫道："我这位小相公虽然只是秀才，你们可不能薄待了他！我就专为他扇扇，才不给那姓李的老家伙送凉。"

众鬼听了这话哈哈乱笑。李明经稍稍放下心来，慢慢地，再次睁开眼睛。

约莫过了半个时辰，这些笑闹的鬼给学生们已轮番摇扇几遍，终于尽兴，鱼贯走向楼梯。李明经刚想起身去看弟子们是死是活，忽又听众鬼齐声道："咱们喜欢读书人，哪有不给老贡生送凉风的道理？"

老贡生望向楼梯处，只见残肢鬼们皆朝他举扇一摇。凉风扑面，众鬼呼啸而去。李明经这才从榻上起来，腿下一软，几乎摔倒在地。他挨个晃醒依然打鼾熟睡的学生们，轻声嗔怪着："你们啊，睡这般死相，不觉得今夜太过风凉么！"

学生们面面相觑，不知发生了何事，有学生揉着眼答："是有些凉。何故啊，先生？"

明月皎皎。李明经望向窗外的月，只在心中应了一句，却没有答出来。

整整后半夜，老贡生已听不到楼下再有什么鬼声，却还是明令学生们不准入睡，必两两对坐，诵读诗文。学生们只偷笑先生怕鬼，不敢违逆，一串哈欠打到天明。

第二日清晨，李明经便带着他的学生离开柏家厅，走到昆城街上。有打更的老者走过，李明经便拉住询问柏家厅的往事。老者不好意思笑笑，道："怎么？是撞见什么不干净的了？"

李明经不言语，老者于是凑过来，低声说道：

"柏家厅，百家厅嘛。崇祯皇帝那会儿，里面可藏过一百多人，想在里头躲过战乱。可清兵从东南门破城而入，先就把他们屠了个精光。"

“无一人生还？”

“没有，连一具全尸都没有。”

老者说完这话，便摇摇晃晃向前走去。李明经望着他的背影，眼前却是身体残缺的鬼们尽心摇扇的模样。

一向硬朗的身板忽感脆弱，老贡生需要人扶了。“走，走。”他听到众鬼们带着善意在嬉笑，赶紧把手伸向学生们，“走啊，快走。”

学生们全不知李明经遭了怎样的打击。

只目光凝重地搀起他们的先生。

大字不识一个的混东西

红心词客沈起凤是清时驰名吴中的文学家，虽从未在科举上得意，作戏曲或小说却颇有些功夫，很有谐谑鬼神的本事。他年轻时曾在洞庭东山师从名师张楚门，那时还未取得功名的严爱亭、钱湘舲均与他同堂受业。因沈起凤从小酷爱作谜语，又喜欢讲些鬼事，师友们难免与他一道，撞上些不明不白的古怪事体。

这是吴中东山一个普通夜晚，众书生照例随张楚门先生灯下读书。大半弟子都在认真听讲，小半或品东山名茶碧螺春，或馋着先生桌上刚摘下的枇杷，神思游在书本以外。沈起凤也托着腮，两耳听先生讲书，眼睛却盯着先生身后那烛火辉映着的疏朗窗格。窗格上总有黑影跳摇，沈起凤最初以为是月光映下的斑驳树影，细看起来，又觉得颇不对劲。

沈起凤的直感较常人还是准确些。窗格外面确有黑乎乎一团无面目的鬼影集聚，唧哝着说话。“整屋书呆子，不好耍哟。”

“呜呜呜，”众鬼应和。其中有一细嗓鬼的声音鲜亮些，道：“屋里有个人，我晓得他，惯要说故事捉弄我们哩！”

“哪个？哪个？”众鬼呱噪。

“喏，”细嗓鬼探到窗口一指，“正朝我们看的那个。”

众鬼影于是飘忽着移上窗。张先生身后的窗格登时布满黑影，弟子们齐齐瞪大眼睛。张先生依然闭目酣讲，举着他的新作《桔膜编》，嘱咐弟子们好好研习。众弟子早已无心听先生的，只屏气凝神，看黑影穿过窗棂。

“鬼啊！”坐在先生跟前的弟子严爱亭着了慌，瑟缩着打断老师的讲授。张楚门这才睁开眼，众学生惊诧非常，只朝他身后瞧着。先生微微抬臀，扭身去看，见一团无面目的鬼影挣扎着探头进来。一开始头小如簸箕，片刻后变大，似一口倒扣的铁釜，黑麻麻看不着眉眼。先生脸上未露惊惧之色，只是看着。待鬼影全钻进屋后，其脑袋已大如一轮车轴。

沈起凤来了兴致，冲到前排去瞧。鬼的面目渐渐显露出来，眉毛如扫帚倒竖，双眼瞪大，牛铃一般瞪着沈起凤，似还要张嘴去咬他。沈起凤作势闪躲，那鬼一口咬在书桌上，发出咿呀呀纷乱的叫唤声。众人大笑，那鬼又膨大了它的面，做种种吓人模样。有学生怕了，躲到桌下，张先生却迎着鬼面，站定在鬼的面前。

沈起凤藏在先生身后，看那鬼虽做出狰狞样貌，却掩不住大面之下滑稽的骨相，不禁感到好笑。

“起凤，”楚门先生也睥睨而笑了，“你看这鬼两颊颧骨甚高，为何啊？”

沈起凤踮脚去看，望见鬼的颧骨之上，眼睑之下竟堆积着厚厚的灰尘，笑答："此鬼甚污，面上积俗尘，足有五斗。"

胆大的钱湘舲也凑上来，伸手去摸鬼面上的五斗俗尘，做出嫌恶的样子，众人又笑。那鬼面噗噗像在泄气，不一会儿便缩回车轴大小。张先生随手拿起他的新作《桔膜编》伸到鬼的脸前，问道："这三字，你可识得么？"

鬼不语，嗫嚅无声。

张先生蔑笑，白眼叱责："大字不识一个的混东西，何必装大脸到这里出丑呢？"

鬼无话可对，只是荡平了自己的竖眉，一副难为情的样子。张先生伸出手来，鬼吓得后移，但先生只是伸出两根手指，弹在鬼的面上。

咚——咚——

像是弹在了牛皮做的破鼓上。

"脸皮这般厚，"先生朗声大笑，"难怪你这般不懂事哦。"

鬼听了这话，大面呜呜起泡，紧接着便噗噗放气，顷刻便缩小如一粒豆了。

钱湘舲上前捡起这黑乎乎的一团，怎么都看不到它之前的面目，哈哈大笑："鬼被先生一骂，惭愧得没脸了！"

张楚门接过这黑豆般的一团，只道："混东西本就是无面目的。"

沈起凤此刻反而忧惧起来。对于鬼，他比同窗学友还是谨慎些，于是上前提醒道："先生当心，鬼诸多变化，也是狡猾的。"

"不过一装大样子的鬼。不必怕。"张楚门踱到里间取出他的佩刀，明晃晃举着，环视众弟子，"为师这就砍了这混东西，看他如何再到人间鬼混作乱。"话音未落，先生已一刀劈向如豆的一团。

当啷啷，有什么东西铮然坠地，滚动。众人皆疑，沈起凤忙上前去拾，拿到灯下一观，竟是枚小小的钱币。

张楚门先生凝眉困惑了，弟子们却围在这枚钱币周围，争相赞颂起先生的勇与廉。他甚至听到有弟子一本正经地说着：“书斋闹鬼正是钱神变相。只有先生这般不爱财的文士，才能免于被鬼捉弄。”众弟子皆附和称颂，沈起凤尽管心存疑虑，亦不例外。

张楚门先生不愿听这些。他不再言语，只推开窗，朝空荡荡的廊下看。混东西果真是去了。张先生掩上窗，走到众弟子间，盯着那枚小钱。

是故意留下的啊。先生哑笑，羞惭，感到自己被嘲弄了。

考房里的女子魂魄

乡闱应试，照理他不该走神。

可线娘就这么缓步走进考房，朝他笑，翩然落座身侧，娴雅静敏，一如生前。

许是来索命的啊。他的汗滴落在卷纸上，晕染出负心人的恐惧。但线娘没有一分厉鬼模样，只是轻拂卷纸，慢条斯理地磨墨，轻声地嗔道：“时间紧张了，尽心作你的文。”

他看一眼巡场的考官，那人什么都看不见似的，对考场中多了一位女子毫无反应。线娘叹气，无奈何的样子，将他的头轻点，嘱咐他用心，就像以前在他的房里劝他读书，不要尽想着狎浪。他苦笑，想起过去读书时，自己常常偷亲端庄写字的线娘。

那是独属于他二人的好时候。他不禁怀想，去瞥线娘鲜亮的魂魄。

生前，她可是夏邑最擅词赋帖括的。当时县城里德高望重的老先

转眼数天过去，考房逼仄狭窄，这一人一鬼却好似重回夏邑别院，过的是他们从前极平常的，用功又有情的日子。

生都说，线娘若是扮作男子去考科举，定能入得翰林。如今，线娘果真到科举场上来了，来的却是她的死身。他憾甚，而她凝眉有神，轻抬卷纸。仿佛死这件事从未发生，线娘脸上毫无哀怨之气。她三两眼就看出他的错处，细细指出，还将考题的题旨逐一讲解，全说与他听。

他听着，感到惭愧而恍惚。仿佛他依然年二十，还住在夏邑别院散散漫漫地读书，看隔壁院的玉兰倚在他的院墙，白灿灿的夺人眼目，然后是一个女子秀气的额顶，一点点跃过墙垣，出现在玉兰花丛中。她将开得最耀眼的白玉兰摘下，别在右侧发髻，花的亮眼明媚，只辉映着她秀气的面容。可这面容不知是因为攀墙费了些气力，还是因忽然瞥见树下的男子，只是羞赧起来，红云浮上，久久不散。

这便是他第一次瞧见隔院黄家的独居女儿。在这以前，他只知她年十七，颇有才学，精通科试。她的父母虽十分疼爱女儿，无奈身体羸弱，早已相继病逝，只留线娘一个孤零零住在空宅之中。

我或许是她许久以来，唯一见过的男子。他望着线娘脸上的红云，心也飘起，见她急欲回避，便长长向她作揖："小生见过黄家姑娘。"

姑娘留步了，微微颔首，道一句"公子"，便要下梯而去。

"黄姑娘莫要怕羞，我不是登徒子，不会学那宋玉，攀墙而上。"

姑娘不答，只用摘花的手掩着嘴。她在笑呢，他想。

"在下来到夏邑闭门读书，已有月余，因为没有好老师指点，总觉学无所得。我一向闻听姑娘才名，很是倾慕。总盼想有一日也能有王羲之的运气，像拜卫夫人那样，拜黄姑娘为师。今日玉兰花下偶遇，或正是我向姑娘拜师的好机缘。"这般说着，他将手中的诗文习作向上举，眼望着姑娘，盼她能点评一二。

姑娘犹疑，向下瞧，见小生俊朗，眼神真挚笃定，便不作一言，探腰伸手，接过他的诗文，径自下梯回房去了。

第二日晨起，他心下徨徨，踱步墙垣，浸在玉兰让人迷荡的香气里，忽觉肩膀遭了一击，有什么东西落入怀中。他细看，正是昨日递出的诗文。

“有些才华，”黄家姑娘站在梯上朝他望，“也有一二小疵。”

姑娘说完便即隐去。他低头翻看被校阅评点过的诗文，见姑娘字迹娟秀而内蕴气魄，遇有碍文章大局的字词便直笔删去，功夫扎实，让人钦佩。他合上书卷，仰头朝隔院喊道：“学生受教，谢过恩师！”

没想到院墙那头竟有回应，传来柔和的女声：“公子，叫我线娘就是了。”

于是就这样一来二去的，他借评阅诗文之由，与线娘相熟起来。起初，他们还只是隔着院墙，谈诗词，也聊应试的策略。后来他便也攀梯而上，两人共坐玉兰花丛，谈各自的人生际遇，更遥谈些古典籍中的各样情事，直谈到玉兰花一朵朵落尽了，二人已聊得极远，极深，还有些暧昧。

大概是那一日落雨，他记得。他作《逾东家墙而搂其处子》题文挑逗这依恋他的孤女。线娘又是羞赧了，回屋作一篇《媒妁之言》，举着伞，攀梯递他。他心里猜想，线娘虽不满他的轻薄，可又寄希望于媒妁之言，这便是中意于他了。他所以胆大起来，握住女儿家举伞的手，轻轻慢慢地说：“我这是急病，你给的却是慢调的方子，完全没有切中我这一题的要害啊。”

线娘抽出她的手，白他一眼，好似恼了，道：“你这题我若是随随便便答了，以后怕不知要怎样收场。”

线娘说完，便从梯上退了下去。他也顾不得了，翻过院墙，追上线娘，温温柔柔拉上她的手：“老师莫生气，是学生唐突了。今日，到我家里，我给你赔罪，你教我读书可好？”

“为师没有生气。”线娘脸上浮起娇憨的神情，她没有推开他，只是嗔怪道：“读书人最无良心，这我是知道的。”她的眼眸子暗下去，扭头定定地看他，“我道公子是有情人，可人生多变故，你能担保永不负我么？”

“我怎敢？线娘，我愿对着你死去的父母，对天地起誓，我愿与你永生永世，永结同好。”

线娘听了这话，眼里盈盈有了泪光。她把脸靠向他单薄的胸膛，他顺势搂她细软的腰肢，拥向卧房。当夜二人便一道同眠，鱼水欢好。此后大约过了半年，线娘都只在他的小院读书写字。两人夫妻一般过生活，有书卷咏诵也有笔尖撷趣，唯没有的，便是线娘一再催促的媒妁之言。

“是到送聘礼的时候了。”她从书卷中抬起头，一次比一次失望地看向他。

他能如何呢？他在心里盘算着离开夏邑归家的行期，嘴上闷闷不答。他始终没勇气告诉线娘，早在来夏邑之前，父母便为他定下一门好婚事，这次归家，他便要与别人成亲，与别个女子做一对真正夫妻。

唉。唉。

是考官的脸出现在他面前。他从往事里醒转，得知考试结束，而身侧已无线娘陪伴。他向考官双手奉上试卷，提着考篮一路颓唐败象地回到家宅。家中父母与妻儿皆立在院中等他的好消息，他却恹恹地不说一言，只瞥一眼妻，便回房躺着去了。

妻比起线娘来蠢笨许多，可胜在娇美温柔，又有着他跳一跳才能攀上的好家世。这桩婚事他本就是满意的，可没想到在夏邑静养读书，竟凭空多出一个线娘。两边的女子，一个是大户人家的千金，一个是心性颇高又通经义的才女，而他，不过是破落世家一个不起眼的穷书生，总是不敢妄想什么齐人之福的。可线娘在玉兰花的辉映下出现时，美好得惊动了心魄，他是无论如何不能不去爱一爱的。

都是不自禁的情爱啊。他在自责里未尝不感到一丝委屈。

记得离开夏邑之时，他说玉兰花再开，就回来娶她。线娘整个人绷得紧紧的，眼里屏着泪花。现在想起来，这孤女那时必然已经明白，这个负心人已打定主意一去不回。果然，在他成亲当晚，线娘闭上门窗，悬白绫而去。

可就连她的死，他都是玉兰花再开的时候，才在家中惊闻。

真是痛苦又无益的往事。他辗转反侧，一日又一日。忽有一天，妻兴奋地冲进屋里，胡言乱舞，他好容易才听明白，原来是他过了乡试，中了举人。他心下自是高兴的。多亏了线娘。他盯着妻子的蠢相，心里这样想。撇开家人的欢欣，他一人来到书房，关上门，重新打起精神来。

线娘没有怨他，反化为鬼魂继续爱他、帮他。这样想着，他心里起了大的感动，自责便烟消云散。他翻开书卷，因感到线娘温存的爱意而心情舒快。他决心勉力备考，以报与线娘这段可逾生死的情爱。

转眼便是春天，书生来到京城，见礼部应试的举子皆是颇有朝气的才俊，反观自己形容委顿，毫无英气，心中不免有些落寞。入了贡院考场，在狭小的考房坐定，他一字一字，犹疑着，开始作答，全无自信。他开始渴念起线娘的批改和鼓励，他没想到，自己已是这般依赖着她。

“这样答可不行。”

她的声音忽然出现在耳边。他扭头去看，又惊又喜。

线娘正如乡试时那样，坐在他的身侧。她的身子前倚着细察他的考卷，他甚至能闻到线娘魂魄里，带有一丝玉兰花的香气。

“你怎会来？”他轻声问，她抿嘴笑，不答，只一一指出卷纸上的不妥处，用手一拂，墨迹全无，然后她提起笔来，在空处换上更好的字词。他坐在旁边傻看，脸上有笑意而竟不自知。

转眼数天过去，考房逼仄狭窄，这一人一鬼却好似重回夏邑别院，过的是他们从前极平常的，用功又有情的日子。最后一场写毕的时候，他明明看到考官在考房前站定，却完全没有看到他的房里多着一名女子。

线娘毕竟已是常人见不着的魂魄。他想到此，不禁悲从中来，挽住线娘的胳膊。那胳膊比冰凌更冷，他吃惊，她推开他的手，他却重又牢牢抓紧。“线娘，都是我负了你。你该恨我，怎么还来帮我。”

线娘婉转一笑，发丝随春风飘动。“你叫我一声老师，写得这样不成规矩，我忍不住要来教你。”

他听了这话，苦笑，笑中还掉了几滴眼泪。“线娘，我只怪当初——唉！无论怎样，你不该轻易寻死，为我这么个背信的人。”

“我想，我也是悔的。”线娘又谅解似的笑。她轻轻起身，身子渐渐透明，“你成婚前，我以为你总要回来跟我说一声。唉，怪我盼得太笃实了。公子，我一天天在墙下数着，就想着临到你大婚那一日，能再见你一面也是好的，也算我们的离散，有几分体面。”

“可我，”他用衣袖掩住哭泣的面，忍着哭声，“我竟没有来。”

“我不怪你，”线娘的身影模糊起来，仿佛一阵风就能吹得无踪无影，“你鸾凤新巢，何必还在意野合的鸳鸯呢？这本就是人之常情，我却是做了鬼才懂得的。”

他被这话刺痛，一脸红热地看着线娘在眼前消散。他伸出手挥舞着，想再搂一搂飘散的爱人，却是什么也抓不住了。

“我此去便不再来，可对你总放不下，只好临行前说破天机，再赠公子一言。”

“线娘——”他只喊着，一路遥追她的声音到贡院外。

“你的成绩极好的，应殿试可中二甲，日后将到政农部上任。我知你本就家境寒微，京官薪水微薄，长久下去恐遭出身大家的夫人埋怨，而令尊令堂在亲家那里也终究抬不起头来。我劝公子以后外任做地方官，福禄丰厚，可保你夫妻恩爱无间，家宅永睦。”

话说到这里，线娘的声音再也听不见了。而他大喘着气，站在街上止不住地抽泣。过了好一会儿，他止住哭声，这才发现自己衣衫凌乱，未提考篮便一路追到这里。在路人的目光里，他简直形同疯人了。

回到家后，他回想着线娘的话，重新再看他的家宅与亲眷。他名为世家望宅实则破旧不堪的家里，住着垂垂老矣的父母，他们年轻时便承担着家道中落的痛楚，在自家儿媳面前都不敢大声言语，自如讲话。而他的妻，穿着娘家陪嫁的好衣裳，抱着穿金戴银的儿子，快活地向他走来。

又是阔绰的丈人送来的吧。他摸着儿子脖上的金玉锁，捏着他胖手上的银镯。线娘说得全对，她生前死后都晓得他的处境，而他竟忍心丢下她，任凭她死。

罢，罢。他不能让自己在妻面前哭出来，只把胳膊环绕妻浑圆的膀子。

这以后，果如线娘所说，他这一门上捷报频传。他先是考中贡士，四月殿试又中二甲，顺风顺水入政农部学习。不到两年，朝廷有一外任机会，他谨记线娘叮嘱，努力争取获上峰青睐，终于调任到地方，官至郡守。

阖家由京城搬到地方上，父母大半辈子如土的面色，随身上新添置的贵衣料而红润起来。对儿媳，对亲家，对下人或对平头百姓，他们说话的声量都大了不少，让做儿子的他终于感到快慰。而妻更因夫君的发迹雍容快活，连生下三个子女后，她不仅有了贵妇人的丰腴体态，更添了不少豪奢派头。

至于他，他自出生家道已败落，本是一介寒士，可刚到地方上，便有数不清的手送来金银车马，更送来恭顺与尊敬。他不能不想起线娘的嘱托，知道她仍在天上地下地将他庇佑。于是圣贤书所教的是什么，王法是什么，他已浑不在意。盘剥小民、贪墨公款、中饱私囊都不是什么难出手的事了。他得意于富贵路上的畅行无阻，更坚信一切都源于线娘的护佑。

可王法始终悬在他愈来愈粗胖的脖颈上。没过多久，朝廷便获知他贪赃枉法的事实，一时间抄家充公，妻离子散，而他本人，更被判斩首弃市。

临刑，他望着刽子手举起的刀，似乎不能懂得，这一场惶惶的梦，起始自何处，又为何如此短促地终结于此。

人生果然多变故。

他想到线娘曾惴惴又宿命般的，在玉兰花下讲的话，一回身，却看到她披散着长发出现在眼前，一袭白衣，脖颈上缠绕着绣花的丝巾。

她的目光是怨愤的。他想，她现在倒是有些厉鬼的样子了。

“你竟来送我吗？”他狐疑地，试探地问。

“若说我来接你，也没什么不可。”她冷漠地说。

“你不似从前了，”他惨笑，她不似从前任何一个，生的那个，死的那个。他嗫嚅：“我听了你的，如今竟落得这么个下场。”

“你怪我？”线娘飘到他的脸前，伸出比盛放的玉兰还要雪亮的白骨手。

我怎么能怪你呢？人头落地的时候他终于想明白了。这女人总算一雪怨气。

仙妻怪

打记事起，刘钊就没见过他的母亲。

可对母亲，他又不是全不了解。在他生长的固安乡，一直流传着其母惠娘真真假假的异闻。虽都是片段式的，可乡人们绘声绘色地传扬、润饰，刘钊便在大人们的闲谈间，听来不少不着边际的，与母亲有关的事。

据说刘钊父亲刘瑞，是二十岁上下遇上惠娘的。那时的刘瑞还以养鸡为生，人虽穷困，可容貌俊俏，是乡里数得着的美男子。一日他驱赶十余只鸡前往城中叫卖，在靠近城门口的地方，却看见一姿容绝世的女子朝他招手，道："刘郎，你过来啊。"

刘瑞觉得奇怪，此女他并不认识。正犹豫，那女子却又含情脉脉地说道："坐我旁边的石头上，来啊，我与你有话说。"

刘瑞拢好鸡笼，踟蹰一二，坐在石上。"我不认识你，你有什么话说？"

"我叫惠娘。刘郎，你不识我，我却识你。我是天公派到凡间的仙人，与你有三年夫妻缘分，所以才坐在这里等你。"

刘瑞听了这话，心中不安，猜自己这是大白日遇上了鬼。他惴惴地望女子一眼，没有言语，又低头把眼睛瞟向他的鸡笼。

惠娘似乎看出了刘郎的心思，靠近了低语：“刘郎可是怕我？别怕，我与你结为夫妻，只会帮你，绝不会害你。我通晓过去未来的事，好比你这次去城里卖鸡，我坐在这里一算便知今日你做不做得成生意，甚至你能赚多少钱，我也能算得出来。”

“当真？”刘瑞很有些狐疑。

惠娘伸出纤长的指来，掐指一算，便道：“半个时辰左右，你会遇上一个人，他会一口气买下你所有的鸡。”

真的？刘瑞惶惶然，不吭声，有些不知所以。

惠娘把手放在他的鸡笼上，笑笑：“刘郎，我是仙人呀，不会骗自家夫君。你卖完了鸡好好数数，这一单买卖，你能赚八千四百文。”

嚯。若真如这女子所说，那可是不少钱。刘瑞一边这样想着，一边半信半疑地起身，继续推着鸡笼往城里卖鸡去了。他在城里沿街站了半个时辰，果如惠娘所说，一大肚汉前来买鸡，正好给他八千四百文。刘瑞一手揣着钱，一手挎着空鸡笼走向城门。眼看日头渐渐要往下落了，他心中愈发惊惧。刘瑞暗想，自家祖上也没积下什么德来，怎么会有天仙上门来给他做妻子呢？他越想越不对劲，总觉得那女子必是祸害人的鬼魅，便藏在出城的拥挤人群中，一路心慌，奔回家里。

可刚推开家门，便看到惠娘气定神闲，坐在家中一圆凳上。“怎么样？我说的可有差错？”

钱和鸡笼悉数掉在地上，刘瑞惊魂未定，哆嗦着去拾钱币：“都对，都对。”

惠娘婉转一笑，蹲下身来也去拾钱。“天公不过赐给我们三年缘分，你何苦还想着躲呢？”

刘瑞听了这话，稍安，心里冒出一丝侥幸。这女子说的未必是假，也许他这个穷养鸡贩就有此命定的福分呢？这么一想，刘瑞暗自定了定心，正眼去看惠娘。惠娘被刘瑞如此认真地一瞧，脸羞红了，又补一句：“刘郎这般为难，是觉得惠娘貌丑么？”

“不，不。”刘瑞可不是瞎眼人，脸上也起了绯红，道，“我还从没见过比惠娘更美的女子。”

惠娘低头不语，只笑着与刘瑞拾钱。不一会儿两人就拾到了一处，这便成亲入了洞房……

有关刘瑞与惠娘二人如何初遇，又如何成的亲，固安乡里有着不少说法。乡人们总想从当事人刘瑞嘴里套出实情，可刘瑞本就不爱言语，自与惠娘三年缘尽，失了贤妻后，更是对过往闭口不谈。于是大伙儿以讹传讹，胡乱编派，有人说惠娘是怪，是鬼魅，有人却始终相信她就是董永妻那样的天仙女。

天仙在固安乡的三年正是刘家发迹的三年。惠娘嫁给刘瑞后办的第一件大事就是买地置产。有关此事，刘钊倒是听父亲亲口说起过，不过，他也是很大以后才搞清楚，原来这故事里低价卖地给他们的刘癞子，正是常到家里叫骂、哭穷的那个刘叔公。据父亲所说，母亲成亲后第一日，就对他提了意见。“你这房子太小，我实在住不惯。”

“没有钱，你就得住得惯。”父亲瞥母亲一眼，兀自走到院里喂鸡。母亲却没完，追着他说道：“我看这地方不小，我们盖几间屋，再起座小楼，总够住了。”

父亲不理，咕咕咕地招呼着鸡，良久才闷声回道：“我只有卖鸡得来的八千文，你说说，怎么造屋？”

“你别急。”母亲接过父亲手里的饲料盆，“我知道这本就不是你的地，是你叔叔刘癞子借你住的。”

“你知道还跟我说要造屋？”

“是，如果这块地变成你的，我们就能造屋。”母亲凑到父亲跟前耳语，“我告诉你，你叔叔这会儿在东头赌场输着钱呢。”

“那又如何？他一直有这嗜好，而且运气总不大好。”

母亲捂嘴笑：“说句不合规矩的，刘郎，这恰是你的运道。”

父亲困惑，看向他的妻，不知她到底在打什么主意。

“刘癞子这会儿输了两千五百文，你现在就拿这些钱去赌场找他。他看到你一准儿向你借钱，你全给他，这块地保准就是你的了。”

“可是……”父亲犹疑，母亲却嗔怪并催促道：“快去啊，你去是救他命嘞。”

父亲于是拿上钱，赶往乡东头的赌场。到了赌场一看，叔叔刘癞子果真欠了赌债，正被人家绑在树上毒打。父亲忙上前求饶，刘癞子看侄儿赶来，仿佛遇上救星，哭喊起来：“好侄儿啊！好孩子！你今日帮我还债，我就把你住的那块地送你了！”

父亲这便掏出了钱袋子，到赌场一问，叔叔果然欠下两千五百文钱。他把钱悉数交给赌场，又把不能动弹的叔叔送回家里，取了地契。一路上，父亲都因占了亲叔叔的便宜而感到不安，屡次想掉头回去，把地契还给叔叔。

他犹犹豫豫地，就这么走到自家巷口，却见到处都挤满了乡亲，争相朝他家的方向涌去。父亲钻入人群，抬头一看，只见宅院内忽起平屋三间，小楼一座，大门廓然洞开，花果满园，且都修剪得齐齐整整，到处盈盈有亮。父亲走到院中，母亲正立在屋门口等他。二人并肩走入屋内，各处家具都已放置稳妥，更有帷幔飘动，添饰着父亲这个穷鸡贩从未妄想过的家中风景。这下父亲安心，也宽心了，家中一片好光景，自然是因为他得着一名仙妻。就要开心过头的时候，忽有一事袭上心头，他想起了旧日那座破鸡棚，便问母亲将鸡棚移到了哪里。母亲白他一眼，只道：“你是我夫君，可不是什么鸡贩子。”

父亲想想也是，那破鸡棚与今日之光景自然是不相配的。从此，他便再未提起与养鸡贩鸡有关的事，家里内外全交母亲打点。母亲在时三年，没让父亲为生意上的事操过心，她凭着未卜先知的能力和筹谋世情的本事，把原来贫困的刘家打理至家业小康。尽管叔公刘癞子逢人就说母亲落井下石，骗了他的房和他的地，却还总要上门哭穷讨要赌资，母亲皆冷面回绝。遇上父亲偷偷塞钱给刘叔公的时候，母亲也总能使法子让钱币自己从叔公的口袋飞出，飞回她的钱袋子里。

刘钊出生后，本是父慈母爱，享尽快乐，怎奈未长满三岁，母亲不得不遵了与天公的三年约定，离他们父子而去。据说那日，惠娘抱着刘钊痛痛快快地哭了一场。她将家中各处好好安置一番，又嘱刘瑞可再续娶，但必善待钊儿。刘瑞逍遥数年，早已没有谋生的本事，担心惠娘一走，家道必然败落。惠娘似乎早算到会如此，她留下一尊木偶，唤作子不语娘娘。她叮嘱刘瑞将木偶娘娘供养在家中阁楼，不许任何人窥见，她还说只要听娘娘的话，就能保富贵平安。

到了离别的时候，惠娘倏忽便没了身影。家中明丽快乐的氛围自此阴沉下来，家业虽未败落，但刘瑞更寡言少语，终日难见笑颜。转眼几年过去，因母亲的莫测身份，刘钊难免被乡人们另眼看待。在狐疑畏惧的目光下，小刘钊于幽愤中成长。有关母亲是谁，母亲从哪里来，又去往何方成了他心中的谜，也是他驱除不了的心病。他曾不止一次地向父亲追问母亲是人还是鬼，是怪还是仙，父亲却总答他：“有什么好分辨的呢？有的仙不比人强，有的鬼比人贤德，有的人，他还不如怪呢。”

这般语焉不详地糊弄他，刘钊自然是不满的。可再追问下去，父亲便腻烦了，要他自己去问子不语娘娘。“她是你娘的婢女，她什么都知道。”

每每提到子不语娘娘，刘钊便闭口不敢问了。母亲离开以后，子不语娘娘便成了刘家的禁忌。她独居小阁楼中，家里每个人都能听见她不时发出尖利的啸声，可从来没有谁见过她的身影。与可敬爱的天仙夫人不同，家里所有人都畏惧这位木偶娘娘。可当家的父亲笃信这是仙妻留下的能保家业富贵的神物。久而久之，大家便不得不怀着畏惧与这可怖娘娘一道共处了。

这日，刘钊半梦半醒地睡着午觉，不经意听到乳娘与家里帮工的一段嚼舌。“什么子不语娘娘啊？那可不是什么好娘娘。”

刘钊一听这话便来了精神，假寐静听，只听他的乳娘继续说道：“那是个活木偶，邪得很。最开始供她的时候，我就见过，小小个儿，一点点，丑得骇人。唉，当家的不知怎么想的，怎么能把怪物供在家里呢？小少爷见着，一准吓死。”

“可不是，”家里的帮工闷闷地应着，“这当家的心里没主意啊。夫人走了，他有什么拿不准的，就跪阁楼外头，跟那娘娘说话。哎哟，有一次去送酒菜，我亲眼见到的。”

“唔，听说她十分能吃，是不是？”

“是啊。我们在楼下都能听见她吸溜面条、嚼骨头的声音，过半个时辰上去收碗，盘盘都是空的。”

“嗨，她不吃人我看就不错了。要我说，这先前的夫人，都吹她美若天仙，我寻思着，还不知道是什么东西变的呢。”

“这话可不能乱说。当家的说是天上的仙女——”

“当家的自己骗自己呐。”乳娘抢白道，“哎，你听说过乡里那个傻王五吗？”

“咱刘家的人，谁不知道他啊！当年他在惠夫人面前撒野，故意在她面前问夫妻的房内事，夫人当众就让他自己赏自己嘴巴子嘞。”

“你亲眼瞧见了？”

“没有，我听我那老母说的。她亲眼见着的，惠夫人没动手，也没用绳索，凭空就把那王五捆起来，然后也不知是使唤了什么看不见的人物，三两下就把他叉出去，扔院外头了。”

“你道那王五后来如何？你道他是怎么疯傻的？”

帮工怯怯地摇了摇头，乳娘轻轻抿一下嘴，示意帮工靠近了，才说道：“掌嘴那日的夜里，王五在家里睡觉呢，瞧见惠夫人过来陪他，他可开心了，可一搂夫人到怀里，你道是个什么？”

帮工摇头，躺在床上的刘钊绷直身体，张着耳朵听。

“一根会动的老藤，上面还长着女人的头发哩。”

“吓，真的？”帮工唰一下脸都白了，“这，这。这我以后还是换个东家做吧。”

“可不是。”乳娘瞥一眼装睡的刘钊，“小少爷虽然是我照顾大的，可一想到他娘亲是怪，我跟他也不敢亲近了，心里直犯怵。做完今年，我说什么也不敢再待在刘家了。”

“是，是，是得换东家了。”

两人声音渐弱，刘钊心慌地翻了个身，二人便不再说下去了。

刘钊从此不愿出门了。他总是站在院子里，看街上跑跳的孩童，冥冥中觉得自己与他们很不一样。也许如乳娘所说，他也是怪物变的呢？刘钊愈发不安起来。他想去阁楼上问无所不知的子不语娘娘，却又实在鼓不起勇气。

有一天晚上，在刘钊快要睡着的时候，忽然听到屋里有微弱的脚步声。他坐起来，睁开眼去瞧，屋里除了自己以外，倒也没有别人，便又盖上被睡下。可奇怪的是，他一闭上眼就觉得账外有什么东西在朝他看。

这么一想着，他害起怕来，打开帐子正想要喊人，却在烛光照映下，发现窗边有细细小小一连串的脚印，每一个还不足他这小儿一根手指长。脚印从床边一直延伸到窗外，刘钊走出门，借着月光，看清廊上竟也有小脚印。他循着脚印一路走下去，不一会儿发现自己站在了供子不语娘娘的阁楼前。

子娘娘的小窗上映着跳跃的烛光，还印着一个女人手持木偶的墨黑侧影。

是母亲来看我了吗?

子娘娘谁都不能见，只有天仙母亲才能见她。

刘钊心下激动起来，这就手脚并用地往楼上爬。可刚推开门，就听里面传来一个可怕的声音，喝道："谁？"

"子娘娘，"刘钊像大人那样跪下，颤抖喊着，"我是钊儿，我是钊儿。"

"你快出去，"子娘娘的声音柔和下来，却还是急着说道，"我相貌丑陋，你不能看我。"

"可我想见娘亲，刚才，她来看过我是不是？她是不是在屋里？她为什么不愿出来看我一看？"刘钊说着说着，哭起鼻子，抬起头来，"她在哪儿？"

她就在眼前。一团老藤条盘根错节拧在一起，藤条之上是一个女人无肢的半身，浑身起着树结样的疙瘩，嘴眼歪斜，头骨上枯发蓬飞。

刘钊睁大了眼睛，蓦地想起乳娘的话。不及再说什么，只听到自己的一声惊叫，他便昏厥了过去。等刘瑞听见儿子的叫声冲上阁楼时，刘钊已倒在地板上，口吐白沫，嘴里咕哝着，娘亲，娘亲。而供奉子不语娘娘的香台上，除了熄灭的烛火，什么都没有了。

此后数天，刘瑞心急如焚，一直陪着昏迷不醒的儿子。一日夜里，他恍惚在梦中又见他美貌的仙妻，他叫着惠娘、惠娘。可惠娘只是一味地哭，甚至比数年前离开时还要哭得厉害。好不容易哭够了，她抬起头只问刘瑞：“如今家财可有三千金？”

刘瑞点头说有，惠娘擦干了泪，凄语：“这便是你此生福量了。现在我即永去，子不语娘娘也同我一起。”

“可这孩子，”刘瑞在梦中拉住惠娘，恳求道，“当年你走时，说会来看他，可从未来过。钊儿可怜，天公难道连亲娘来看儿一眼，都不准么？”

惠娘似乎气极，眼眶红了，甩开他的手，道：“你怎知为娘的从未来过？”

刘瑞忽从梦中惊醒，睁眼一看，儿子刘钊竟已完全醒了，正坐起来看着他的父亲。从那之后，刘钊再也没有提过跟娘亲有关的任何问题。他的眼睛渐渐恢复了小孩子该有的明媚，却又总像遮着一层雾似的，始终有种怯怯的样子。

子不语娘娘消失以后，刘家家业果然衰微下去。凭着前几年积攒下的三千金，刘瑞勉强维持着，终于把刘钊拉扯成人，并送他入了固安县学。

刘瑞后来常常想起与惠娘的那一段夫妻缘分，越是久远，就越是美好如幻梦。尽管他对惠娘的指示总言听计从，可唯续弦一事，他是不想遵从的。他晚年时候，刘钊曾委婉地劝问，为何不另娶妻子做伴。刘瑞笑笑，只道：“天下谁能比得上你娘亲呢？她可是天仙。”

刘钊听了此话，不能不想起儿时在阁楼上看到的恐怖一幕。但他忍住了，始终没有把那段经历告诉他的父亲。

鉴胆

在芜湖一带，冯野鹤老爷可算个响当当的人物。他生平交往的都是游侠义士，素有肝胆。出了家院大门，冯老爷什么也不怕，可入了家宅，他的豪壮之气便恰当地委顿下去，举手投足，皆一番不提气的模样。

这缘故，凡通世情的或许都猜得着。冯老爷家中有河东狮坐镇，外人都道他的夫人既是悍妇，又是妒妇，冯老爷却是万万不能这样去想的。人前人后，冯野鹤都爱称赞妻的贤德，就连独自一人待着时，他也谨慎地要求自己，绝不能生出讲夫人坏话的心思来。

夫君这般勉力维护自己，再厉害的河东狮也有被打动的时候。这一阵子，一直膝下无子的冯老爷总算在冯夫人的应允下，从容而欢悦地买回一房妾室。此事一时间成了芜湖一带的小新闻，相交多年的故人，崇敬地爱着冯老爷的门人，江湖上有些名头的壮士，都赶来向冯野鹤道喜。冯老爷打开大门笑脸相迎，可晚上闭了屋门，他便脸色一沉，只因这喜事是掺了水的。

在冯老爷纳妾一事上，冯夫人的条件称得上苛刻。她明令禁止冯老爷与那年轻的，名叫眉儿的姑娘同床，更见不得夫君与那小娘子凑近了说上一句话。有一回，冯野鹤在廊上与眉儿偶遇，忍不住去捏了她的小手，却被一声惊天怒吼吓得几失魂魄。眉儿见状逃了，冯老爷却只能窝在墙角，看他的妻不知从什么地方跃出，顿足拍地，指着他冰凉的鼻尖一顿恶骂，直骂得他胸闷气短，才终于罢休。从那以后，冯老爷便再也不敢看眉儿一眼。相亲的友人问起眉儿有喜没有，他不言，只默默去山中猎虎，做更多极要胆魄的事。

就这样一日日过去，冯野鹤已不能管住自己的心思，暗地里也咒骂起他的夫人来了。一天，正是春末落花时节，冯家大门外款款走进来一个形貌俊朗的书生。落在脚面上的樱花伴着书生的稳步，来到冯野鹤老爷面前。

冯老爷素来敬爱读书人，连忙起身相迎，把此人做贵宾似的招待。对方自称秦台下士，恭敬作揖道："恕在下冒昧，是闻听了冯老爷的过人胆略，专程来看一看的。"

"哦？"冯野鹤一听便来了兴致，笑问，"你是专来看我胆大胆小的？"

"正是，"书生起身踱步，"在下久历风尘，世事皆如云烟，过眼瞧瞧罢了，唯对人胆有些见识，专事鉴别。"

"这倒有趣，"冯老爷挺直了身躯，向后归拢肩膀，提起壮硕的胸部，身长一下高出书生两头还多，"芜湖人都说我是个有胆气的，这么多人说，名声总是不假。"

"我也盼不假。"书生讪笑，"如今这世上，读书的没有做文章的胆，当兵的没有破贼的胆，朝廷官员，啧啧，更无直言敢谏的胆，而结下所谓深厚友谊的，又没有托妻寄子的胆。"

"那些都是怯懦人，与我冯野鹤可不好比。"冯老爷这就凑在了书生跟前，掀开外衣，"沥胆披肝，我冯某人的胆随便你观赏，来吧，好好看看。"

书生捋一捋袖子，眼贴着冯老爷的肚皮细细瞧了起来，边瞧还边点头，赞道："好胆好胆，居于正中，充盈胸腹，是颗壮硕的义胆啊。"

冯野鹤听了这话，得意地晃晃脑袋："不让你这鉴胆的看看，谁敢相信这世上还有我这样的胆壮之人？"

"是，是，佩服、佩服，"书生连连作揖，"我这一趟真是来着了。不过冯老爷，你这胆膨得过大了，需以稳健的心智和荡不灭的精气好生护佑。"书生继而轻盈地移到冯野鹤耳侧，"以防惊变之时，有丧魂破胆之虞。"

"哈哈。"冯野鹤朗声大笑，一双强有力的手搭上书生又薄又凉的肩头，"你还是小看我，怎么，以为我是襁褓中闻风乱啼的婴儿吗？"

"自然不是。"书生赧然。

"我冯野鹤虽不像常山赵子龙那样浑身是胆，可也学越王勾践，卧薪尝胆好些年咧，"冯老爷拍拍书生细长的手，自负高谈，"我在江湖行走，怎能不懂悬胆自强、处变不惊的道理呢？"

书生扬起衣袖又拜，啧啧称羡，二人随温热的春风起了相见恨晚的心意，谈得快乐极了。

不料此时，忽有冯夫人一声狮吼从闺中传来。书生莫名，往屋外看，冯老爷却道无事，依然谈笑自若。书生正叹冯老爷果然有非凡胆量，名不虚传，却又有嘁里哐啷，砸锅摔碗的声音滚滚而来，仿若这边铜山西崩，那边洛钟东应，此起彼伏，简直不绝于耳。

冯野鹤知道这是夫人发飙的前声，可刚刚吹嘘出的胆壮形象，他自己也坚信不疑了。这会儿，他绝不能在鉴胆之人脸前丢了体面。冯老爷勉强笑笑，努力让自己镇定，连啜热茶，以掩饰额上冒出的颗颗冷汗。可书生此刻已看出了不对劲，偷眼瞧着冯老爷的反应，并瞧见他肚皮之内那颗义胆竟惶惶抖了起来。

堂外有奴婢们劝解的声音传来了。冯野鹤茶已喝干，嘴唇上沾着一枚细茶叶，站起了听。奴婢们遭受夫人责打的鞭笞声，杖下的哀号声，满院的哭声，愈来愈近地传入冯野鹤耳中。他豪壮的身形在书生面前缩了起来，像是被外面的杖敲下去似的，高壮的冯老爷此刻比书生还矮小得多。

“冯兄，这到底怎么回事？”书生背起他的手，问道。

“这，这……”冯野鹤左右顾盼着，正不知如何向他的客人解释，却见家内的帮厨王婆子举着锅盖就奔了来。

“不好了老爷！”她是吼着冲进来的，却又怕谁听到似的，进屋后压低了声音，“夫人扎起了衣裳，捋起袖子，拿着我舂米的木杵，就在屏风后面呐！”

冯野鹤听了这话，脸色大变，颤巍巍朝屏风看去，已完全慌了神。书生见这情状，讥笑起来，手指着刚刚他还夸耀个不停的冯老爷：“看是个大胆汉，实是个惧内的胆小鬼嘛！”

“哪里来的狂荡儿——”屏后传来一声粗吼，还有笃笃的木杵声。冯野鹤面色如土，书生失望地摇摇头，作势要走，冯老爷却紧捉住他的胳膊，瑟瑟藏在他身后，怎么都不让他走。书生正为难之时，一个彪形妇人忽从屏风后面跃出，手执胳膊粗的木杵骂咧咧朝他二人冲来。“哪里钻来的黄毛小儿，竟敢引逗别人家的男子充什么大胆汉！”

她的目光扫过书生，又霹雳般击到冯野鹤煞白的脸上。书生惊讶地看到，冯老爷刚刚还大如鸡卵的那颗义胆，此刻战战兢兢，已缩成小芥子了。

“哎哟哟！”书生急嗔，“莫要吓他，再一恐吓，你夫君的胆必破矣！”

“他的胆能破，那也是有人给他吹破的。”冯夫人怒不可遏，操起木杵就要打人。奴婢们躲在边上不敢出声，书生见状想躲，冯野鹤却把他推在前面。书生躲闪不及，左臂结结实实挨了冯夫人一记。

只听“锵”一声，书生不及惨叫，竟化为铜镜一枚，倒扣在地上。众人惊愕，冯野鹤忙上前去拾，只见镜后写有“照胆”二字，模样制式都不似当朝，再联系书生自称是秦台下士，便猜是秦时古镜。正琢磨着这桩奇事，冯夫人一把将古镜夺了去，反过来对镜一照，只见镜中一颗巨胆，大如瓮，瓮口还蒸蒸冒着怒气。她嗤笑一声，将镜杵到冯老爷脸前，只见他的胆又细又小，不及半粒黍米，并有青水滴沥。

“不好。”站在一旁看的王婆子一脸恐怖地叫了起来，“老爷这胆怕是已经破了！”

羞愤交加的冯野鹤闻听此话，这才觉出腹中钝痛，愈演愈烈。

荆棘里

行路太久，如今就是遇上十里桃林，百里荷塘，周梦荃也不能感受到任何欢愉了。

两个月前，周梦荃奉母命从会稽出发，前往粤地，寻他自出生就未谋过面的父亲。一开始，他也想拒绝来着。父亲周卫客居闽粤之地二十载，从未托人寄回一封家书，无论生死，音信全无。母亲一人孤苦，受尽邻里轻视，借着亲戚们东一点、西一点的施舍，这才心酸无比地将儿子带大。如今儿子终于长大成人了，母亲希望他去做的第一件要紧事，竟是去寻她那薄情的夫君。

何苦来哉。周梦荃瘫坐林道旁，浑身酸软，望着他要翻过的这座山，眼前忽浮现出母亲过早衰老的、皱起的脸。

唉，她是含泪表达这份请求的。周梦荃想到这情景便心软了。身为会稽地方上闻名的孝子，他无论如何不能让母亲难过失望。也不论过去两个月风餐露宿有多熬人了，周梦荃扶住林里的樟树，又抬起沉甸甸的腿。

说起来，他也不全是为母亲才踏上这迢迢苦路的。周梦荃在无人的谷地，愿意袒露一点思念父亲的真心意。可他能找到父亲吗？且不说现在离粤界尚远，就是到了那地方，人生地不熟的，他该如何从茫茫人海里找出那个一面都未曾见过的父亲呢？

这么一想，周梦荃实实又丧了气。可就在停步的一瞬，周遭山体忽然摇晃起来，周梦荃于迷蒙中看到面前的山裂出一道细狭的谷，刚刚还算平直的一条山道骤然分出一条岔路。岔路上荆棘万丛，上可遮盖天光，下可迷塞道路。周梦荃眼前昏昏暗暗，一时间迷了方向。正踟蹰着，忽听荆棘丛中传来人声，细听，是不少人嘈杂叫唤的声音。闻声迈进荆棘丛中数步，周梦荃才看清眼前有好些衣冠楚楚之人士，脸朝一个方向似在行进。他们提衣拽袖，流汗滴血的，挣扎在密匝匝的荆棘之中。

“你们这是要到哪里去啊？”周梦荃提起自己的衣裳，努力朝近处一个着袍子的人靠近。无人答他，荆棘的尖刺划破了套鞋，有血从鞋面上冒出。

“走这条路，是不是近一点？”周梦荃贴近那着袍子的，看此人模样像是个和尚，便继续问道，“是不是能直通山那边？”

那人正拼命把撕扯得褴褴褛褛的血色袍子，从荆棘中拉扯出来，不耐烦地回头应道：“不管你到哪儿去，这都是最近的路。”

唔。周梦荃弯腰帮那和尚把挂在棘条上的袍子解下来，心中大喜。看来是撞上好运，抄上近道了。他把衣裳紧一紧，揉揉眼睛，想找出前面人踩出的步道，可奇怪的是，前面的人只是挣扎着向前，却根本没有挪出原地半尺。

周梦荃觉出些奇怪，心中打鼓，却还是经不住诱惑，想抬脚一试。脚步还没落下，身后忽有一个声音响起，道：“公子要到哪里去呢？”

周梦荃回转身来，只见一弓背老者拄杖站在荆棘丛外。周梦荃朝老人作揖，答道：“到粤地去，寻家父。”

“唔，唔。”老人点头，招呼周梦荃靠近了说话。周梦荃于是提着衣裳跨过几株矮荆棘，来到老人面前。

“小公子是个孝子啊，你要走就走康庄道，不要同他们一样，入荆棘里。”

“可是，”周梦荃望向荆棘里众人焦躁的背影，“我走这山路实在是乏了。听他们说，这是近道，能直通我要去的地方。”

“这当然是近道，名利熏心者的近道。”老人提杖指向荆棘丛，“这些个东西自诩是懂世间门路的，平时惯要走捷径，听见哪里有条升腾发财的热路，拼了命都要去。正因为如此，他们才会窜到我这荆棘丛，刺得浑身挂血哟。”

周梦荃有些明白过来，却又思忖道：“可我看他们朝前走的心异常坚决，好像也不觉得苦。”

“那是他们看不到自己的苦。”老人把双手都放在杖上，“世上的无形荆棘还少吗？我们旁观的看得清清楚楚，而身在其中的，是怎么都看不明白的。”

“原来是这样，”周梦荃望着荆棘里众人挣扎前行，却又一步未动的样子，不觉心软难过起来，“老先生，他们这番徒劳相，实在可怜见的。你若是能帮，就发发慈悲，帮他们剪除荆棘吧。”

老人笑了，挑起他的白眉毛：“这荆棘里本来就有两条路。我可是花了好些工夫，为你这样的忠臣孝子剪除荆棘，辟出一正路坦途。至于他们，有正路却不要走，我也是无奈何啊。”

“既如此，”周梦荃不忍再看荆棘里的众人，便问，“老先生所谓正路，到底在哪儿呢？”

“荆棘当前，回头是路。”

周梦荃扭身，果然看到一条光明坦途就在身后。老人扶住他的胳膊，二人一同踏上康庄大道。周梦荃看道路两旁栽种着青涩涩的竹木，其间还有秀丽可爱的小花频频探出，随着柔风摇曳。老人向他介绍这竹木的来历，他空空听了几耳，拾到“孝”“顺”这样的字眼儿。他无心去记，不知为何总惦记着那些荆棘里的人，心里很不是滋味。

就这样跟着弓背老者走了一小会儿，周梦荃来到一名曰“慈航”的渡口，老人同周梦荃一道来到舟上，无须划桨，小舟便随水流涌动，稳稳靠向闪耀着金色光芒的对岸。到了岸上，周梦荃才看清原来河岸上树着一块压舱石，石上有铄金的大字，可这字，说实在的，又不像是字，歪歪扭扭，完全不能辨认。周梦荃向老人求教，老人未答，用杖笃笃地点着地。“有人说这里是菩提善岸，也有人说，这是儒家所说的道岸哩。”

老人说完又兀自前行，周梦荃惴惴跟上，不知这弓背老人到底要带他这个所谓的孝子到哪里去。

在一扇名为“不二门”的门外，老人终于停下。周梦荃站在门前，看到门内有一平直道路，如箭一般射向看不见的远方，路的旁侧既无树木荆棘，亦无岔路小径。

“进去吧。”老人扬起下巴，示意周梦荃一人进入不二门，并嘱咐道，“你由此而去，勉力前行，切不可却步，便可保终生不遇荆棘。”

周梦荃忙谢老者，临了，还想为那些荆棘里的人说上两句，眼前却已不见老人身影。他于是转身直行，走入门中。这条直路似由玉石铺设，路面光可鉴人，走在上面却无滑倒之虞。周梦荃行步如悠游，过去两月间的劳顿似也从体内消除了，只感到身轻爽逸。然而正行着，平路上忽拔起一望不到头的峭壁，挡在眼前，着实让周梦荃吃了一吓。

左右无路，后退又不可以，周梦荃只好狠下心来，去捉爬满峭壁的根根老藤。他小心翼翼地向上攀爬，愈向上愈觉冷雾环绕，侵蚀双臂、后腰与颤抖的双腿。周梦荃现在觉出些恐怖来了，身体疲累至极地攀着，离地越远，便越确信自己必然要在这一场寻父之旅中损耗，甚至殒命。

这样颓唐地想着，手上的力气便随心上的热气一并消失、溃散了。他抓不住已摸到的那根枯藤，从不知多高的地方坠下去，如一只死雁。

周梦荃不能不想到母亲，愿她永不听闻独子粉身碎骨的死讯。

然而，他只是落在了一片湿软的草地上。周梦荃复生一般坐起，看细草平坡，看野花明亮，流泻眼前。他最初以为自己是死了，来到什么西天秘境。正不知如何是好，却见一个樵夫悠悠出现在一座矮坡上，唱着他听不懂的小调。周梦荃连忙奔去，一问才知，此处正是粤地西山的背面，再行半日，他就能看到城门了。

周梦荃喜出望外，也不思虑别的了，着急忙慌奔入城，一入城门便四处向人打听父亲周卫的下落。也不知是否有弓背老人暗地里相助，周梦荃不出三日便打听出此地确有个叫周卫的，就住在毗卢东院。

周梦荃再不能压抑自己对父亲的渴念之情，红着眼眶奔赴毗卢东院。入了院门，迎面看到一扫地的着袍和尚，周梦荃走近一看，竟是荆棘里着褴褛血袍，仍挣扎向前的那位。

“施主看着，”那和尚放下扫帚，似也记起了什么似的，“看着有几分面熟。”

“我们见过啊，在荆棘里。”周梦荃欣慰地笑着，“那老先生终于发了慈悲，把你从荆棘里救出来了？”

“什么荆棘里？”和尚一脸茫然，“我这一向都在寺院，怎么会在荆棘里？”

许是我认错了？周梦荃困惑，不好意思地笑笑，转而向和尚打听他的父亲。可刚一说出周卫这名字，和尚便像泥人突然化了一般，泪雨滂沱地，瘫坐在地上。

“客游漂泊二十载，”他哭得整个寺院都噪腾起来，“儿，我就是那个混得穷困潦倒，没脸回去看你们的，你父亲——”

周梦荃微微一怔，释然，扑通跪在父亲刚打扫干净的青石地上。

他终于明白那日看到荆棘里那一幕，看到那个穿袍子的人胡乱拉扯衣衫，他为何不忍，惴惴，为何感到心疼。

他接连向父亲叩头，眼泪夺眶而出。

高帽子参军

清人宣鼎写过不少或巧妙有趣，或酷烈，或颇能刺世的精怪故事，收在他的文言短篇小说集《夜雨秋灯录》及《续录》中。下面的故事本自《夜雨秋灯续录》，讲的是山西地方上的一则轶事，外加一则异闻，均与高帽子参军涂生有关。

涂生是席帽山人氏，自小看够了家乡那座上锐下阔席帽般的秃山，便想通过科举出仕，到花花京城来谋个有前途的官职。可到了京城，朝廷却嫌他无用，打发他到山西去做参军。涂生自然是不乐意的，他素来狡狯，好捉弄，喜玩乐，晋地黄土一片，他料想该是比家乡席帽山还无趣之地。

可朝廷的命令，涂生也没本事违抗。就这么一路打听着，他老老实实地翻岭爬坡，总算来到山西省城太原。入了城，涂生首先做的不是拜访此地的长官刘公，而是在城里兜转了几日，要摸清楚上峰的脉。

在太原城最热闹的茶坊里，涂生一坐就是几个后晌，打听到上峰刘公同天下一切贪黩的官员一样，不仅贪财爱宝，也极喜欢下僚的逢迎。

据当地人说，省内有性情倨傲的读书人不屑逢迎，有囊中羞涩的小官不能投赠，于是常年担任微职，数年不能升迁。涂生暗自想着，遇上这样的地方长官，不知有多少有抱负的仕子因此委顿，从此一蹶不振了。

正慨叹着，有老堂倌上来沏茶，涂生便向他求教，问起向刘公拜谒之事。

堂倌嘿嘿一笑，道："凡进了咱山西这地界，升官、办事、求人、告状子，真是什么都绕不过刘大人哩。"

"老人家说得是，"涂生连连点头，打赏些银钱给堂倌，"依你之见，咱们这位刘大人最好什么呢？"

堂倌把银钱揣怀里，笑得眯起了眼睛："客官你可听好了，珠宝、玉器、古玩，刘大人什么都喜欢。"

"什么都喜欢？"涂生有些不满地皱起眉头，"说了等于没说。"

堂倌抓紧了他的钱袋，赶紧补上一句："只要是贵的，是稀罕玩意儿，就行！客官可千万不能送家乡土产，鸡啊，蛋的，不行，也绝不能送那些个不值钱的毛笔、砚台，还有——"

"好，好。"涂生不耐烦地扬起手，因实在听不下去，便打发堂倌下去了。他原本计划转天就到刘府拜谒，可眼下如何向刘公送礼让他犯了难。初次拜见长官大人，涂生本以为按寻常礼数，聊表心意即可，根本没有备下贵重大礼，且也没有足够银两去备什么稀罕之物。这么想着，他起身离了茶坊，一副失了主意的样子，回到客栈。

到了第二日，涂生梳洗打扮，把自己整理成仪表堂堂的样子，拿着名帖，来到刘公府上。刘大人于堂正中接过名帖，端详这位参军极恭敬地作揖，又极谦虚地说着恭维之词，忽然嘎一声笑，打断涂生："这么说，你是打京城来的。"

涂生颔首："正是。"

“京城什么都贵，物也贵，人也贵。要我说，通通名不副实，皆是虚价。”

涂生依然颔首，不语。

刘大人仰身靠在椅背上，颇有兴味地弹着手上的名帖：“不过呢，话又说回来，京城毕竟是天子脚下的京城，跟外面比起来，京货总要精美些。来，你说说，如此远道跋涉，你究竟带了什么好玩意儿？叫什么漂亮名字，是不是我没见过的稀罕物？哎，你别含着了，赶紧拿出来给我看看才是。”

刘公越说越起劲，朝前探出身子，可眼前这个京城来的后生却只是叩拜，答道：“刘大人所言极是，京城繁华，好货琳琅。可卑职出身寒微，在京城没享受到什么荣华，只苦于长安米贵，日子拮据，连旅资都险些没有备够。”

刘公一听这话，面色一冷，名帖弹出去，静落在案桌上。涂生眼瞧着却不露声色，继续说道：

“不过，卑职也是知礼的，特意从京城买了一百顶好样式的高帽，峨峨挺拔如汉代的方山冠，是实实在在的好东西。卑职本想沿路卖一卖，边走还能边赚点盘缠，到了太原有剩下的，我就遍送诸位大人和各位先生，算是一份薄礼。”

“胡闹。”刘公的额头整个地皱缩起来，不满嗔道，“你这小小参军，未免失言。山西哪个官员会要你这礼？况且，以老夫的为人，生平从不喜戴高帽，怎么，你还偏要给我戴上一顶？”

“大人恕罪，”涂生赶紧跪下，急应承道，“该死，该死，是卑职失言。说实在的，这几日卑职在省城游逛，已听闻大人您师从圣贤，是同周公旦、召公奭齐名，与范仲淹、韩琦比肩的国之栋梁。今日一见，百姓们所言非虚啊。”

“这话倒是不错。”刘公脸色稍霁，眯了眯眼睛，“说，说下去。”

“卑职一入城门就见街上都是坐着小羊车的玩乐孩童，城里商贾遍地，妇人娇美，到处其乐融融。足见大人治下的山西政通人和，老百姓都说您好呐。可怎奈，属下在京城官场看的蝇营狗苟实在太多，入了太原听闻世上有您这样的好官，我怎么也不敢信呐。这才，才想着拿京城官员最喜欢的高帽来送您。哎，属下糊涂至此，还望大人您宽怀，原谅卑职。”

涂生再拜，叩在地上，厅堂之上忽溢满刘公嘎嘎大笑的声音。涂生心稍安，压着肩，抬起头一看，刘公两手掀着蓬飞的大胡须，咧嘴笑个不停，直笑得眉额舒展，面色红润。

“这才对嘛！”刘公边笑边站起，走到涂生跟前，示意他不必拘礼，“你这后生，刚才这番话算是说到位了。京城的官风，确实有点乌烟瘴气，你们这些刚入仕途的年轻人在京城待上几年，都被熏得乌漆麻黑。你涂参军不到我们山西来，哪能见到老夫这样受人爱戴的长官？”

涂生暗笑，又颔首：“大人说得是。”

“我看你么，好好在山西洗洗身上那些浊气，学学怎么做人，怎么做官，我估摸着也是个可用之材。不过，你买的那些帽子，”刘公踱步抚须，“既然买了，肯定是要卖出去的。这一路个把月，你卖出去几顶？”

“不瞒大人，”涂生讪笑，故意高声，“进贵府之前，属下还一顶没卖出去，可现在，这京城高帽已不足一百，只有九十九顶了。”

在场侍婢听了这话，掩嘴偷笑。刘公左右看看，不明所以，只好问道：“怎么，是卖给我府上的人了？”

涂生好捉弄的欲求已得到极大满足，这会儿只好强忍笑意，一脸严肃地反问：“刚刚不是卖出去一顶给您么？大人，您戴着还合适吗？”

刘公下意识去摸头顶，这才恍然意识到自己竟在家中遭了下僚戏弄，甚至还受了奴婢们的嘲笑。一股怒火冲上来，可刘公陡一转念，想到此人如此滑稽多智、聪敏又擅捉弄，保不齐是神通广大的东方朔一流，不可小觑。刘公只好尴尬地在头上摸了两把，嘎嘎干笑几声，坐回他的椅上。涂生亦知好歹，低眉不语。刘公调整坐姿，一本正经地说了套告诫属下勉力就任、谨言慎行的官场话，便忙不迭地让家中小厮送客，闭门恨恨足有数日。

而涂生出了刘府，便得意地走马上任了。他在刘公面前兜售高帽的滑稽事迅速传遍省城，不仅成了官场笑谈，亦为街巷妇孺所知，晋地百姓都尊涂生一声“高帽子参军”。虽然此事让刘公很失颜面，可降罪于大名鼎鼎的高帽子参军，只会让他更失体面，彻底沦为笑柄，于是刘公不仅背地里没法给这位涂参军小鞋穿,有时还不得不在场面上特意夸赞。为了让笑谈变美谈，刘公明里暗里，给涂参军行过不少方便。

得了方便的高帽子参军，在太原的日子称得上快活。涂生大概怎么也没想到，他不过是使了一点小聪明，却得来远高于同僚的丰厚俸禄。不出两年，涂生已是妻妾成群，娈童绕身，出则锦绣大轿，享受的仿若镜里荣华，入则筹谋家产，得的全是实在金银。于是好招摇的高帽子参军在整个省城如同名胜，凡到太原来的，都想听一听涂参军的轶事，窥一窥他的机敏风流。可过热的名声一旦跨越阴阳，传到鬼的耳朵里，高帽子参军也就无缘无故地卷到麻烦里去了。

下面这则流传于乡野的异闻，甚至比涂参军与刘公的官场笑谈传播得还要广些。

远在涂参军入山西前，太原东乡一座小城隍庙里便供奉着一尊极灵的无常使者像，白衣长舌，叱目圆瞪，头戴一顶颀长高帽，其上写有四字“你也来了”。照理无常鬼作为城隍爷的勾魂使者，兢兢业业干他的差事，也能分一点香火供奉。无奈该庙寒碜破旧，鲜有人来烧香上供，留不住城隍爷和诸路神仙鬼雄，最后连白无常的搭档黑无常都忍受不了庙里的凄清，另谋他就。于是这座城隍小庙便只剩白无常一只活鬼，和几座呆头呆脑的泥塑像了。

日子久了，落单的无常鬼自然感到寂寞。起初，他只是随性捉弄进来拜城隍的人。他钻入自己的泥像，不时眨眨眼，卷卷舌头，抖抖袖子，好让人觉得他是尊灵验的泥像。

可进到庙里来的人终归太少，有时无常鬼竟十天半月也享不到一点供奉。逼急了，他只好趁夜色从庙里飘出，专去魅惑邻近的乡人，使他们得上几日昏睡之症。家人求医问药皆无好转，无常鬼会在这时潜入他们的梦中，散播祛病良法，便是携香烛纸表及一壶好酒，到城隍庙里给无常使者磕上三个响头。病人家眷醒来往往心急照做，有财无财，都要日日到庙里磕头上供。无常鬼只要食到供奉，便会解除魅惑，让得病者清清醒醒地睁开眼睛。

如此一来，到了高帽参军入太原城的时候，这东乡城隍庙俨然已是无常庙。十里八乡的百姓均被此鬼迷惑，纷纷赶来上香供奉，以为天地间只有无常使者最是灵验，最有本事消灾祛病。

香火兴旺，无常鬼自食其力，解决了吃喝问题，却反而终日闷闷，更觉出精神层面的虚苦来。他常念起过去的搭档黑无常，便筹谋着，要从人间寻出个懂他心事的伴儿。于是剃头匠老秦的儿子秦三小，就这么懵懵懂懂，撞到无常鬼的虚苦世界里来了。那日，他不过在城隍庙里徜徉了一会儿，盯着无常使者的圆眼睛看，却叫那鬼相中了他。

无常鬼看中秦三小浓眉大眼的少年模样，更直觉他对怪奇之物无芥蒂心。这夜无人时，无常使者从泥像里飞出，前往剃头匠家里惑他儿子昏睡。等剃头匠备下酒和香烛来求时，无常鬼便入了他的梦，百般刁难，直逼得老秦愿让儿子做他无常使者的门下徒。

这以后，秦三小再没闹过灾病。为还愿报恩，老秦每晚得了剃头的工钱，便同儿子到街市上买好白酒与肉，一道去城隍庙里小坐。某夜，老秦摆好供品，坐在门槛外头自在小酌，却瞥见儿子三小在庙里拜坐，不一会儿竟对着无常使者的泥像说起话来。

“恩师，”秦三小举起酒杯递向使者泥像，“这酒闻起来香，喝起来如何？”

泥像不见动，酒杯中的酒却顷刻空了。老秦正觉得惊奇，忽听到一刺耳的怪声，道：“徒儿懂我，此酒甘美非常。”

秦三小于是对饮，紧接着又奉上一杯，并用筷子夹起一块牛肉伸到泥像嘴边。“恩师再尝尝这牛肉。听说太原城里的大官都专要到咱们东乡来，就为这一口牛肉。”

泥像还是不动，肉却一口接一口地被吃尽了。

怪声又起，似咂巴着嘴，啧啧赞道：“徒儿有心，此肉实在鲜美。”

见此情此景，老秦后背全湿，冷汗浸透。他看儿子与那无常泥像如此亲热，知是无常使者果真收儿为徒，且已迷住了儿的心。老秦暗觉大不妙，却也没敢吱声。与儿子一道回家的路上，剃头匠惴惴瞥着儿的侧脸，越想越不安起来。无常使者无论再怎么神通，毕竟是个勾魂鬼，而三小他，老秦骇得几欲掉泪，他可是老秦家独苗，无论如何都不能让无常给勾了魂去啊。这么想着，老秦走路都踉跄起来。入了家门，他和衣躺下，睡不踏实，也坐不安稳，只好在一方小屋里踱了一晚上的步子。

第二日午后，老秦照样带着剃头的家伙伴装到街市上去，实则蹲在巷口，等着秦三小出门。果然，老秦出门不久，秦三小便梳洗打扮，蹦蹦跳跳来到城隍庙，与那无常泥像闹笑不停，说话模样简直形如疯癫。哎哟，老秦边瞧边为儿子的小命实实捏了把汗。夜里，剃头匠独自归家，想等儿子回来，好好对他劝说一番。却不承想直到半夜，他才听到秦三小酒醉归来，且一进屋便将门紧紧掩上。老秦披上衣服，蹲在墙根下细听，屋里竟又现出那无常鬼可怖而尖厉的声音，一会儿与儿对唱欢歌，一会儿竟学人说官话，咿咿呀呀，闹了个整夜不宁。

打这以后，横下心来的剃头匠跑遍乡里的道观、寺庙，求遍各路半仙，却没有一位敢惹城隍庙里这位无常使者。眼见儿子一日日痴癫下去，剃头匠实在无法，终于想出一冒险的计策。

这夜，无常鬼同以往一样，以幻影飘入秦家，本要直钻秦三小房里的，却忽在窗口嗅得一丝浓香酒味。一向贪酒的无常鬼闻着酒味寻过去，竟看到有一缸美酒置于三小门口。想来是三小这好徒儿知道他爱酒，特意放在门口供他享用。

无常鬼一个兴起，直钻入酒缸，豪饮起来。自勾魂搭子黑无常离开后，他这个白无常孤苦伶仃，还从未喝得这么尽兴。多亏有三小做伴啊，无常鬼越饮越上瘾，不多久便醉得意兴阑珊。他知道自己不能在人间随意显形，可想到这是三小的门口，也便潇洒无畏地现出鬼身了。

可三小并不知无常鬼此刻正在门外酒缸内狂饮，更不晓得他的父亲老秦正藏在酒缸下面，准备等无常鬼大醉后痛击之。及至半夜，无常鬼总算从酒缸中爬出，瘫卧在地，大醉不醒。老秦手里操着一把寺庙里求来的粪帚，慢慢靠近鼾声大作的无常使者，终于看清这装模作样的使者穿丧布一样的白衣，着一双烂草鞋，枯发披身，戴着一顶二尺有余的白高帽，浑身靛蓝，猩红长舌甩在嘴边，完全一副恶鬼样子。

可怖。但剃头匠毫不畏惧。他高举粪帚猛朝那鬼狠狠击打，呼啦啦卷起一阵小风。无常鬼骤然跳起，见粪帚便惊惶乱叫，夺门而逃。剃头匠死追不舍，追赶中，竟一把薅下无常的二尺高帽。老秦一个晃神，无常蓬发乱飞，不晓得跳去哪里。老秦只好作罢，低头一瞧，双手因摸了那鬼的高帽竟滑腻泛白，像是裹满蛛丝。再凑近去瞧那帽子，却被帽中又腥又臊的味道熏得肠胃翻滚。剃头匠于是拈着帽尖尖回到家门口，一把烈火便将无常高帽烧成了灰烬。

此后好一阵子，无常鬼竟在此乡绝迹，既没有显形叨扰过秦三小，也不在城隍庙里出没，胡乱捉弄人。东乡人渐渐遗忘了那座不断坍圮下去的小庙，可窜逃在外的无常鬼没忘，他时时想着他的小庙，想着他的秦三小。

说实在的，无常鬼不是怕了剃头匠才离了秦三小，离了东乡，他怕的是头顶空空，一个疏忽竟丢掉了阎王爷亲赐的官帽。有帽子他才能称得上是无常使者，没帽子他便是孤魂野鬼。无常鬼于是惊惶万状地飘零于世，太原城高帽参军的盛名就在这时传进他的耳中。

这日入夜后不久，高帽参军府阖家上下忽闻门外有怪声响，像是有人在轻轻敲门，又像是有谁在用指尖不停地抓挠，让人听了好不烦躁。正饱饮鹿茸汤的涂参军打发小厮去门口看看，小厮回来却报："大人，门口好像没人。"

"好像没人？"涂参军扔开他的碗，喝问，"没人怎么听见有人挠门呢？你听，是不是还有？"

小厮伸直了脖子，竖着耳朵，果然又听到那奇怪的剥啄声。他忙奔回门口，朝着门外喊："谁？谁在外面？"

外面无人应答，小厮取下门闩，开一道门缝，把脑袋探了出去。"谁？居然敢到我们参军府上作乱？"

可门外确实空无一人，小厮想不明白，只好闭上门如实向涂参军禀报。涂生定了定神，猜想许是城里有眼热的，故意上门来捉弄他，便轻蔑一笑，让家里众人莫管，且安睡就是。到了第二晚，门外又有怪声响骤起，涂生当未听见，盖上被，搂着娇妻艰难入睡。可让他没想到的是，挠门声竟从此再无断绝，足足持续月余。终于有一晚，妻妾众人实在忍耐不了，扒到门口去看外面到底什么动静，却还是一团漆黑，连个人影都没瞧着。一群人苦了脸回来，刚坐定要吃晚饭，门外又响起那恼人的剥啄声，一下下，全挠在涂参军的五脏六腑上。

涂生可再不能忍了。放眼整个太原城，如今谁不尊称他一声高帽子参军？谁不是给足他面子，怎么会有人敢如此成日骚扰？怒火陡地飙起，持筷的手重重朝石桌上一拍，入城第一年刘公相赠的青玉赤金箸，登时断成了两截。涂参军大步跃到门口，霍地拉开两扇沉重的木门，抬脚朝虚空处就是一记猛踹，这才得见一蓬发白衣的蓝面鬼，甩着一道长舌，踉跄显形了。他捂着单薄的腰腹，傻立在墙根，只把黑漆漆的眼窝对准了涂生，引得涂生猛叱道：“哪里来的小鬼，捉弄到我堂堂参军头上来了！”

“我不是小鬼，”墙根处的白影一点点移向涂参军，期期艾艾地介绍起自己，“参军大人，我，我是东乡城隍庙里，人家供奉的无常使者……”

“怎么？”涂生斜眼扫视眼前的蓝面鬼，见他不知何故一直用手摸着头顶，心上一紧，“你莫不是来收我的？”

“不，不。”无常鬼努力挤出些讨好的笑容，“参军大人在生死簿上，那是要长命百岁的。”

“呵。”涂生心中暗喜，背起手来，“那么尊驾在这里挠门一个多月了，到底所为何事啊？”

“我这个无常鬼，哎，大人，”无常鬼竟双手揪着自己头顶的乱发，当街嘤嘤哭了起来，“我本有一顶又白又高的好帽子，上面有阎王爷亲笔写的‘你也来了’，戴上真是有威风，有场面。可太原城外有个剃头的老秦，他，他一把火就把我这个无常使者的官帽子给烧了。大人啊，那可是阎王爷亲赐的官帽，没有帽子，我还怎么去勾人的魂儿呢？”

“呦，帽子头等重要，无常办差没帽子可不行。”涂生忍不住逗趣道。

“谁说不是呢！”丧脸的无常鬼仿若遇到救星，抱住涂生的大腿一阵哀号。其声尖利恐怖，使得涂生不得不收敛玩心，好声劝慰。“好了好了，你说说，你一个鬼，要我这人做什么呢？”

“您是高帽子参军啊！”无常鬼终于收起哭腔，“我听说您这卖高帽，京货，有一百顶呢！”

涂生听了这话，哈哈大笑起来。“九十九，九十九，”他想起数年前的往事，咂摸着自己与生俱来的机灵，“其中一顶不是卖给刘公刘长官了吗？”

“那我求求您，您也卖我一顶吧。”无常鬼的蓝脸泛了绿光，看上去十分恳切的样子。

“就这事？”涂生缓步退回门内，“你就要一顶帽子？”

无常鬼止步，捣蒜似的点头。

涂生笑着应道：“好，好，你先回东乡那庙里去吧。明日我高帽参军白赠你一顶。”

说完涂生便合上大门，扭过头来却见家里众人惊惶非常，一脸恐惧，他忍不住大笑起来，坐到饭桌前，自顾自喝他的鹿茸汤。

到了第二日，涂生命家里巧妇用上好的布料赶制出一顶白色高帽，做出挺拔如山的峻峭样式，然后亲笔在上面题字“你也来了”。写完这四个字，涂生会心一笑，命小厮捧着这顶高帽赶到城外东乡，寻到无常鬼说的城隍庙，并在庙中将帽子烧掉。

这以后，涂生再没听到门外传来挠门的怪声响。他猜想那无常鬼该是已经戴上新帽，继续勾人魂魄去了。此后不久，涂生在茶坊喝茶，竟听闻一段高帽子参军与东乡无常鬼的赠帽传奇。他饶有兴味地听下去，听闻无常鬼戴上新帽的当晚，便大摇大摆来到剃头匠老秦家里，逼得其子终身皈依，长伴城隍庙无常使者泥像前，一步也不能迈出那

“无常庙”了。

高帽子参军听到此处，再不能笑，他哑然了。他派小厮去东乡打听此事，小厮只带回剃头匠父子“命已绝”的消息。

鸡的报复

宛平有户张姓人家，因常年养着一只奔飞不见足的鸡，院内总是咕咕噪噪。此鸡据说是岭南种，蹬爪短而锐，羽毛如帚，根根如钢针，乌晃晃照人，人称“广东鸡”。

广东鸡好勇斗狠，欺负笼中群鸡而被放养在院。见它总是踩坏花草，踢翻锅灶，还时不时啄破晾晒的衣裳，张家媳妇暗地里嫉恨颇深，总想拧断了它的脖子，吃进肚了事。可无奈此鸡骄纵的派头，深得户主张大献的喜爱。每每妇人提议宰杀，张大献便搂了鸡出门。次日清晨，妇人便又气恨地听到广东鸡胜利的鸡鸣。

日子久了，亲友都说张大献有沛国宋处宗的癖好，专要与鸡玩乐清谈。这一日，大献的朋友刘渔投其所好，送来一只鸡冠高挺、羽色缤纷的鸡。一进门刘渔就开始夸耀高冠鸡发达的鸡距、尖利的爪子，比大献那广东鸡飞扬漂亮。大献媳妇一瞧院里又来一只鸡，脸上便狞着，老大不乐意起来，瞥眼去看张大献，他竟也不高兴的样子，抱起广东鸡，道：

“别看你那鸡漂亮，肯定没有我这广东鸡雄健。真要是斗起来，广东鸡可不输那些穿小铠、安金距的角斗鸡——”

“呦，我瞧它可没那么厉害。”刘渔笑笑，指着他送来的那只鸡，“不如，干脆戏上一戏？”

“戏就戏。我家这只广东鸡可从没输过。”

张大猷话音还未落，广东鸡已按捺不住，从他的怀里飞扑到地。张家媳妇忙把木盆衣架等紧要物移开，广东鸡此刻已扑杀到高冠鸡的顶上。妇人因为怨着广东鸡，自然向着高冠鸡多一些。正为这漂亮的鸡揪着心，突然见它轻轻蹬地，一跃而起，直把粗硬的喙刀子一样戳向广东鸡细的脖颈。广东鸡被重重击落在地上，仍不服输，飞起再战，可攻势还未展开，便又被高冠鸡倒钩一样的鸡距缠住了足。如此三战，接连败北，广东鸡缩着它染血的脖颈哀鸣了，张大猷面有愠怒，上前踢开得胜的高冠鸡，将广东鸡抱起安抚，结束了这一场并不精彩的战斗。

张家媳妇见广东鸡如此大败，掩不住脸上的高兴。高冠鸡帮自己出了一口恶气，她对这鸡油然生出喜爱来。而刘渔满意于自己所馈赠之鸡骁勇善战，没给他丢面子。他对张大猷讲了几句俏皮安慰之语，便得意地告辞了。谁料，刘渔前脚刚迈出门，张大猷便抓起闲庭信步的高冠鸡，来到灶间，气急败坏地要妇人割了它的脖子。

妇人知道张大猷这是折了面子，只好拿得胜的鸡出气，可终究还是不忍。“这么好看的鸡……”妇人怨愤地瞥向院中半死的广东鸡，只盼它赶紧咽气。

“看哪儿呢？快拿刀！”张大猷朝仍上下扑腾的高冠鸡唾道，“我这院里可不能容这样嚣张跋扈的东西。”

妇人无法，只好抄起菜刀朝那羽色亮眼的鸡脖上一划，血飞飙出来，溅在张大猷的鞋面上。他嫌恶地丢开这新获的鸡，任它在院中淌血。约半个时辰过去后，妇人见高冠鸡已经死透，便从灶间提了桶来拔毛开膛，却不料那广东鸡在张大猷的照料下竟恢复了元气，支起浑身的刚羽，直朝着它的仇敌冲了过来，让张家媳妇着实吃了一吓。

广东鸡面对死尸，鼓翼振翅，展现它从未有过的凶猛。它用蹬爪扯掉仇敌的羽毛，然后朝尸体柔弱处和鸡头、鸡冠处啄击泄愤。妇人眼见此景，心中生厌，以致无法忍耐，但张大猷拦住她，只欣赏样地观看他的广东鸡。

忽地，死鸡半折着脖子，竟扑扇着翅膀跃离地面，广东鸡大骇，张大猷与妇人皆目瞪口呆。只见那死去好多时的高冠鸡飞羽散落大半，肉翅用力扑打着，鸡冠通红，瞋目而视，飞腾着血与肉，与广东鸡大肆搏击起来。笼中群鸡皆惊悚而立，颤抖着看向这黄昏落日里恐怖的厮杀。没过多一会儿，广东鸡便已垂了脑袋，抓地无力，踉跄跄倒在地上，浑身殷着血。张大猷惶惶然走到近前一看，广东鸡胸口碎裂，已是死鸡一只。而那只死而复生的高冠鸡，挺着胸脯倒回到血泊中，如之前的死相，折着脖子，僵死倒地。

妇人抖抖嗦嗦地移到张大猷跟前，不知如何是好。“一下死了两只鸡，夜饭要不要烧了吃？”

“你敢烹，我还不敢吃呢。”张大猷朝两只鸡恐怖的死相瞧着，扬扬下巴，“赶紧弄街上去，扔了吧。”

“都扔了？”妇人瞧一眼广东鸡。

张大猷没答话，只背着手，躲回屋里去了。

夫妻

他待我又不是不好。

隔壁屋传来鼾声，秀娘看着满屋狼藉，没了收拾的心思。她把空掉的酒壶撂在墙角，就像夫君阿郎平日里做的那样。她搂着自己的肩膀缩在酒壶旁边，还是不能明白刚才为何会看到那样一幕。受惊吓，又同时受到侮骗，秀娘不敢出声地闷哭起来。

两年前，入林采药的秀娘在深山迷了路，眼看夜幕垂黑，她又伤了腿脚，惊慌失措时，幸好遇上砍柴的阿郎。那时，结结巴巴的阿郎说他是这百里山的樵夫，秀娘便信了。他生得那样壮实可靠，带她到家里养伤，又对她好生护佑。于是他向她表达喜欢时，她也就许了，下定决心要在这深山里做一名樵夫的妻子。两年来，做丈夫的白日里砍樵，偶尔也能猎上几只野鸡给妻子补补身体，而做妻子的，就在家缝纫纺织，还在院墙附近打理出个能得南瓜、得黄豆、得芫荽的菜园子。尽管深山野林的，少有人来，可谓寂寞，可夫妻俩知足知乐，小日子过得很有神采，直到……

直到今夜，阿郎的两个兄弟携酒而来。

怪不得。秀娘想起她在灶间炒菜时，阿郎特意叮嘱：“娘子，我这

他待我又不是不好。

在秀娘后来的人生里，她常说这话，直说得人烦了，亦不休止。

两个兄弟跟常人不同，喝醉了惯要胡为。今晚上我跟他们睡一处，你记住，千万千万别靠近我们这屋。”

阿郎还从未如此严肃地对她说过话，秀娘尽管心中不悦，却还是应了他。可阿郎的兄弟实在粗野讨厌，秀娘躲在灶间直听到饭厅间传来奇怪声响。等三人都酒足上床睡觉了，秀娘才从灶间走出，可来到饭厅一看，气简直不打一处来。眼前是被掀翻的楠木桌，被扯掉半条腿的长凳，还有胡乱涂在墙上的南瓜豆羹……这哪里是请客吃饭，简直就是强匪入室。秀娘无法按捺自己的愤怒，径直走到鼾声如雷的卧房门口，全忘了阿郎的叮嘱。卧房门未掩，秀娘本想透过门缝喊阿郎出来，却不承想根本认不出眼前哪一个才是她的丈夫。在瘆人的月光里，她看到的是三只熟睡的吊睛白额虎。

这下子，秀娘可一点声音都不敢出了。她后退，颤抖着一直退到墙根。她的双腿软得不足以打开自家院门，更别说冲到更凶险的树林里以寻求活命的机会。她想努力，努力维系一个主妇的体面，还试图收拾家里的狼藉，甚至拼了力气扶起了桌子，可她毕竟还是太害怕了，最后只能浑身无力地窝起来，与墙角的空酒壶相依偎。直到晨起，秀娘疲乏的眼睛看到阿郎又变回了平日模样，走出了卧房。他有人的脸，人的肩膀，人的强壮的手臂，他甚至抱她起来，关怀地问道：“怎么坐在地上睡？”

秀娘感到自己有些抖，她不敢看他，只说昨夜太困了。

阿郎似乎有所察觉，便问她：“昨夜我们闹得过分了，你，有没有看？”

秀娘只是摇头。

阿郎又追问：“那我们睡下后……你，有没有看？”

秀娘努力镇定，装作无事发生，她像从前一样搂住夫君的脖子，道：“你们睡觉有什么好看？昨儿个太累了，你们睡了，我也就歇了。喏，就窝在这里，一觉睡到天亮。”

阿郎不好意思地向秀娘道一声“辛苦”。他们笑盈盈送那两个兄弟出门，秀娘自去不远处挖野菜，而阿郎留在家擦墙，并修好了长凳。这晚上，两人把小桌搬到月光下，秀娘做了几个拿手好菜，她那虎夫君则熬了一锅特别香的黄豆芫荽粥。到了晚上入睡时，秀娘在阿郎怀里突然哭了起来。阿郎问何故，秀娘才嘤嘤说起，她嫁来深山两年，还从未回过娘家，不知爷娘是不是已经当她死了。阿郎安慰妻子道：“娘子莫哭，若是想家，过几日我就陪你出山。想来，我也该去拜访下岳父岳母。”

“阿郎此话当真？”

阿郎拍拍秀娘的肩膀道：“当真。娘子若是想多住几日也无妨的。”

秀娘于是钻进丈夫温柔的怀里，贴着他粗糙的皮肤，安稳睡去。

十日后，阿郎和秀娘果然备好酒肉野味，一路出山朝岳丈家去了。秀娘不时看向特意穿上一身新袍的夫君，两人在林间歇息时，她便拿出绣了名字的手绢给他擦汗，擦完就掖在他的袍里。夫妻二人一路体贴恩爱，过路人看了都大喊羡慕。出了百里山，又走了二十多里，秀娘总算看到了她无比熟悉的那条膝公河。

“阿郎，过了这河，就到我娘家了。”

阿郎四处望望，疑惑道：“可这河上怎么没有桥，连只摆渡船也没有。”

秀娘脱了鞋子，挽起裤脚，踩到清凉的水里：“这河最深处也不过到膝盖，我们蹚过去便是。”

“喔。”阿郎于是脱下靴子，眼看妻子已走出去好远，他想跟上，却实在怕河水打湿了妻给他新做的袍子，在岳丈面前失了做人的颜面。

“阿郎——”秀娘已经站在了河对岸，朝阿郎喊着，“快过来，把袍子卷起来就是——”

阿郎听了这话便照做了，他把卷起的袍子一手搂在腰间，另一手则扶着摇晃的扁担踏入河中，不想河对面突然传来妻子的惊叫声音。

“阿郎！”秀娘盯着他的身后，一脸恐惧地叫着，“老虎尾巴！你身后怎么有条老虎尾巴！”

阿郎闻此心慌意乱，忙朝身后看，却并未看到什么尾巴。因扁担过重，他扭身的同时连人带物失了平衡，整个栽入水中。等他一脸狼狈地再站起来时，他终于意识到发生了什么。

妻子什么都知道了，两年前他骗了她，而现在，她在戏弄自己。阿郎一时心痛难当，羞惭不已。他挂着一身湿袍，转身回到岸上，没敢回头再看一眼，整个地没入来时的山林，只任精心准备的酒肉野味随流水而去，只任塞在他袍子里的妻的手绢翻动飞出，掉在河岸上。秀娘终于摆脱了与虎同床的恐惧，她恹恹地一人回到爷娘家里，脑中却总挥不去那男人站在河里惊慌失措的样子。

他待我又不是不好。

在秀娘后来的人生里，她常说这话，直说得人烦了，亦不休止。

袜公子

某城有位袜匠，家业兴隆，铺中人来人往，可袜匠心里很是冷清。邻里都知道，袜匠人活四十有二，却膝下无子，万贯家财眼看着无人继承，心中实苦。年近五十，袜匠终于晚年得子，自然爱如珍宝。自儿子降生起，袜匠便请了诸多用人服侍，确保他吃喝无忧，玩乐尽兴。凡是稍累心的事，袜匠都不要儿子去做，城里人都戏称其子为“袜公子”。

一直到了二十岁，袜公子将行成年冠礼，却仍无一技之长。他既不读书，又不学制袜，更不会经商，亲友们坐不住了，纷纷来劝，希望袜匠能好好谋划儿子的事业，总归教他学点什么。袜匠却毫无忧虑，只道日子还长，又一个个把亲友们劝了回去。

照理，袜匠已年近七十，行将入土，要说不忧虑爱子的前途，那是不太可能的。实际上，早知自己身子不太行了的袜匠，数日前就找城里最有名的算命先生张铁口，为儿子算过一卦。张铁口以袜公子的生辰八字细细推算，亲口对袜匠说：

“我在贵地卜卦多年，从未见过令郎这样的大富之命。你且看吧，等令郎三十岁的时候，他能得财五百万！”

袜匠听了这话，当下大喜，甚感宽慰。张铁口在八字单上写下命理，递给袜匠。老袜匠回到家后，便让妻子把铁口金言缝入小巧锦囊，配以玉饰，戴在儿子的脖颈上。袜公子不愿，老袜匠这次却无论如何不能依他，并把他的命理详细告知，一再嘱咐莫要解下锦囊，莫要忘了三十岁时，他有任谁都会羡慕的好运道。袜公子生来便什么都不缺，对于父亲所说的大财其实并不在意。但看父亲如此坚持，便只好遵从。

这以后，袜匠对儿子的前途更无忧虑，任他疏懒怠惰。为袜公子办完一门好亲事以后，老袜匠终于油尽灯枯，与妻子相继离世。袜公子继承了家里的袜铺，却从不关心铺里的生意，仍与父亲在世时一样，终日无所事事，只知休闲玩乐。日子久了，袜铺无人主理，伙计们心也乱了，或典当贵重物品，或无心生产，以次充好，或干脆盗取钱财，袜铺终于萧条下去，以致关铺倒闭。

袜公子夫妇失了唯一的收入来源，这以后便是坐吃山空，但两人总想着三十而立之时会发一笔五百万的大财，心中竟也无任何慌乱，只由吃精米改为吃糙米，由穿绸缎改为穿布衣，直到两人卖尽房产田地，被赶到街上行乞的时候，袜公子依然坚信自己会有人人羡慕的好命。好不容易挨到二十九岁，一场大饥荒，却让城中的乞讨之事也难以为继了。袜公子带着他的媳妇从城东讨到城西，竟连一点糟糠也没有讨到。

连饿数日，袜公子终于倒毙在枯庙里，临死，他抓着媳妇的手，悲叹道："我实在撑不住了。我死以后，你就到街上哭去，谁要是能给我下葬，你就嫁给谁。你还年轻，不用担心以后穿不暖，吃不饱。"

媳妇呜呜哭着，肚中饥饿，发出鸣响。袜公子大感悲痛，凭最后的力气，悲愤起来："我这一生什么都没学到，潦倒至此，全怪那张铁口误我！我死以后，你一定把那个破锦囊放到我的棺材里。诶！万死的铁口，没本事就不要妄谈命理，我这就下去，下去告他一状！"袜公子话刚说完便咽气了。他的媳妇哭喊着在街上卖身葬夫，半日便成功改嫁，当天便为袜公子入殓下葬。

来到冥界，袜公子的魂魄还维持着死时的愤怒。他捏着锦囊径直来到冥司，悲痛地向阎罗王说起这几年的冤苦，把罪责都归在妄谈命理的张铁口身上。张铁口其人仍在阳间，阎罗王因厌烦人世间那些个破天机的卦师，便答应要为袜公子讨一讨公道。他派摄魂的黑白无常从阳间绑了张铁口的魂魄来，查究他的罪过。张铁口却铮铮有理，扬言道："小人一生推算命理，绝无错处，若有错，必是八字不准，而非小人之过。"

阎罗王便令判官仔细查对"降生簿"，见簿上所示命运与铁口所写吻合，毫无错处。袜公子不服，道："既然吻合，可钱在哪里？"

阎罗王瞋目，要袜公子保持肃静。他亲自去查了"应富簿"，果然看到袜公子的名姓，上面明白写着：此人应以贸易起家，命中财富已在降生之年交付到招财、利市二神手中。

阎罗王知道这是冤枉了张铁口，让黑白无常急急把他送回阳间，然后他派鬼差押送袜公子的魂魄，与他一道来到二神的贸易衙门。利市神翻开簿子一查，向这地府一行人解释道："此人应该是在二十岁上立业的，可我在三百六十行的买卖里找他名姓，怎么都找不到，没法把这笔银钱送出去。"

"对，阎罗王，你看我们这里都记录了。"招财神指着簿上文字，"我们以为此人误入学海，去做读书人了，那我们可就管不了了，就把这笔钱转到文帝那里去了。"

一行人于是辗转来到文昌宫，朱衣神文帝接过袜公子的姓名八字一看，立刻回忆起来：

"是有这回事，收财的时候我还禀明帝君，要在此人登科甲时，赐他数万金，等他做了地方官，再想办法把剩下的钱财一次给清。魁星君在历次科试的南北文场里都找过这个名字，却总是查无此人，于是便想着，许是习武去了，这才把五百万银钱悉数转到武帝那里。”

“可我看此人，”朱衣神打量着瘦骨嶙峋的袜公子，笑道，“恐怕也没有去习武吧。”

阎罗王无奈笑笑，摆摆手，带着羞惭的袜公子一路赶到关帝庙。武帝身侧的周大将军听阎罗王说完事情原委，终于想起这个名字。“有，是有。我奉武帝命日夜在武场上找这个人，找不到啊，我担心误了他发财的时辰，干脆就把这笔大财送到十殿转轮王那里去了，不知轮王是怎么处置的。”

于是阎罗王只好把袜公子又押回冥界，来到第十殿。此刻的阎罗王已经全无耐心，吼着要判官拿了簿子来看，判官一查，果然有袜公子命里钱财的记录。

“因此人不读书，不习武，不经商，也不做任何营生，实在无从发放，不得已只能交给当地的土地公，命土地把钱埋在地下，掘地可得。”

“我可没在地上见过钱。”袜公子又兀自冤苦起来。

“这么说，”阎罗王白了袜公子一眼，又看向判官，“此人到现在都没得到他命里应得的钱，是土地公失责咯？”判官只好赶紧派鬼差召来土地公，土地刚进殿门，便喋喋不休地说了起来。

“阎罗王明鉴，小神确实领了这钱，可是，”他气愤地看向袜公子，大叹一声，“我知道他流落到破庙里去了，赶紧把银钱都埋在庙阶下面，埋得很浅，就指望他稍微动一动，哪怕就是扫一下地，走一走台阶，就能发现，可他就是不动。我后来想，要么作法，让这些钱从天而降吧，又怕他懒得不知暂避，砸伤了身体，误害了性命。我啊，真是无法可施，既然他已经到这儿了，我如数奉还，也请阎罗王解了我的负累吧。”

阎罗王此刻已是哭笑不得，他瞧着袜公子，长叹一声。“天下竟有你这样怠惰的人。”

“谁说不是呢。”土地公愁怨地点着脑袋。

袜公子也不知如何是好，只是叩头问道：“阎罗王，那我现在可怎么办啊？”

“你阳寿已尽，不过，累世的钱财还在，一分未失。我看神都不能降福于你，你下辈子要是还做人，真是难为你，也难为这些神明了。这样吧。”阎罗王大笔一挥，“人而无能，不如为畜。我判你去做富贵人家的猫，日日就待在锦绣窝里，顿顿都吃肥美的鲜鱼和细粮，其他什么都不要你做。”

“那我的五百万钱呢？”袜公子无法判定下一世的命运是否划算，心急问道。

“都在这富贵人家的衣食住行上，你每天都能看见。而且我告诉你，你看到的将比五百万更多，足有千百万。”

袜公子仍游移不定，阎罗王却已甩下判笔，命鬼差押送他前往畜生道，即刻投生为猫。

某少君

芗厈居士吴炽昌于道光年间写作《客窗闲话》，记录的是他由少年到壮年的三十年间生平所遇奇事。后来在泉州（今宝坻县）做幕僚时，吴炽昌又记述了人生后三十年里知晓的异闻，辑录为《续客窗闲话》，或抒郁愤，或表同情，或唏嘘劝世，或谈狐说鬼，并不浪漫飞扬，却能笔笔落到人生实处。下文所述“某少君”的故事，便选自《续客窗闲话》，芗厈居士由造化弄人起笔，终探到世态人情的底部。

那一年，胡家最得宠的三少爷年满十七，他写诗作文，颇有风度，人称胡少君。胡少君的父亲由科举入仕，这年便要远赴四川担任县令。胡父平常最喜小儿子，便要少君陪他一道先入川，等他们在蜀地安置妥当了，再把胡母和少君的两位兄长一并接来。

出发的时候，胡少君骑着高大的白骏马跟在父亲后面，一路扬额挺胸，高贵如兰，颇引人注目。人们啧啧称赞，叹少君不愧是远近闻名的翩翩美少年。入太行道时，胡少君见山道崎岖，道旁景象很有古貌，一时来了兴致，驻足作诗，直到诗作完了，他才发现自己已经掉队。策马去赶，一直追到羊肠坂才终于看到父亲一行，这就快马加鞭，却没想到此路段十分险峻，在一个陡然的转弯处，他的马蹄下打滑，一歪身，连人带马整个滚到山崖里去了。山崖里尽是断木碎石，胡少君与马落到崖底的时候，竟已摔成烂泥，搅浑在一处，简直分不清是人是马。

少君的魂魄便是在这落地一瞬从口中逸出的。他薄薄的一片魂随风飘荡，瞬息便到了千里之外，落入山东历城某村新死的一具尸壳中。少君幡然醒来，惨叫："摔死我了！爹，可摔死我了！"

他睁开眼，疼爱他的胡父却不在眼前，围拢过来的是一群村妇和孩童。他们的脸上有的挂着泪，有的像是刚刚止住哭声，鼻息里仍抽抽嗒嗒的。

"醒了？真的醒了？"

"是啊，醒过来了！"

少君茫然，听这些人纷纷叫嚷，瞥见一个穿破洞衣裳的老妇钻入人群，嘀咕着："断气好几天了，怎么会醒呢？"

"可不是么。"又有两三个年长的老人凑过来，翻少君的眼皮，摸他的脸和脉搏，最后竟你一言我一嘴地说笑起来：

"身上是温的，气暖着哩。"

"真是活过来了？"

"真是菩萨保佑啊。"一个中年模样的男子连连点着头，朝刚刚那个老妇道喜，"死而复生，你们家要有大福气咯。"

屋内人听了此话无不庆幸，人人喧闹，只胡少君满脸困惑，搞不清楚状况。老妇坐到胡少君身边，亲昵地摸着他的头，喜得眼泪都掉下来了。"儿啊，你刚刚说摔死了，怎么回事？是不是在阴间历了大劫？跟为娘好好说说。"

胡少君却睁大了眼睛，打掉老妇的粗手，怒喝一声："你是什么人，竟敢说我是你儿子？"

父老乡亲们都笑了，有人上前劝老妇。"他刚醒过来，神志还不清醒呢。”那人捅了捅少君的肩，指着皱眉老妇道，“怎么，这可是你亲娘，死了一遭，倒不认识了？”胡少君茫然不答。那人又指向人群中一个蓬头垢面的丑妇，“这是你媳妇，那个，”他指向门口缩着的一个头大身小的孩童，“那是你儿子。怎么，都认不得了？”

胡少君嫌恶地瞥过老妇、丑媳和那个孩童，再不能忍，一下跳起，“胡话！我堂堂胡府三少爷，尚未娶妻，哪来这么大的孩子？”众人皆皱眉，面面相觑，听此人语无伦次地继续说道：“我父亲是县官，他要到四川上任去的。我记得，我跟着他，我正在蜀道上骑着马，马跑得急了，我，我不小心摔到山崖里去了。对，然后……然后我不知道为什么就飘起来了。这到底怎么回事，我怎么飘到这里来了？这是哪里？”“我的儿啊，这是你家，我是你娘啊！”老妇心急地喊了起来。

胡少君听了这话气极，吼道：“我母亲乃朝廷亲封的诰命孺人，你一个村妇，怎么敢冒认我娘？”

“疯话！”乡亲父老们终于看不下去了，一个灰白胡子的老头拿来一面镜子，扔了过来，“你自己照照镜子，你哪是什么三少爷，你不就是田大嘛！”

少君赶忙对镜一照，几乎当场昏厥。镜中哪有少年郎如兰似竹的容貌，只一个丑陋多须的大汉，四十上下，相貌粗鄙。胡少君抱着镜子，仆地大哭：“还我本来面目，还我！这丑模样，我宁愿死，也不要生啊！”

众人见一向老实的田大如今像个孩童一样坐地哭个不休，忍不住都笑了起来。少君喊得越凶，人们笑得越厉害。老妇无法，只好请乡邻们见谅，先行送客，许诺过几日等儿子神志复原了，再请大家过来说话。

众人散去以后，胡少君更加难熬了。他抱着一床薄薄的旧被躲在炕头，垂头丧气，心下黯然，肚中却饥肠辘辘，在寂静的屋子里发出巨响。田家媳妇知道丈夫几日没有进食，一定饿得不行，赶忙端来半块糠饼，递到她丈夫的嘴边。胡少君本想拒绝，可饿得受不了，便勉强咬了一口。粗糠刺着喉咙，他好几次想吐出来，终究还是吞了，眼泪也扑簌簌掉了下来。

“田大，”丑妇哽咽了，“我们从你昏迷到气绝，已经守了十几天了。家里现在没有一点粮食，我跟娘，还有小宝，我们吃的可都是树皮野菜。我厚着脸去跟邻居家借了这半块糠饼，想着你大病初愈，也算是调养，你却这么看不上。你，你还哭上了，这不是故意伤我们的心吗？”

少君如今自己伤着心，哪里还顾得上眼前丑妇的伤心。他恼羞地一扬被子，骂咧咧赶妇人孩子出屋。关上门，他这才注意到这间土墙破屋只有三根房梁，炕上除了一床薄被就是缝满补丁的褴褛衣裤，而灶间居然就在卧房之中，锅灶碗盆皆浊气扑鼻，处处污秽不堪。少君绝望无比，他闭眼便想到过去家里那宽敞的大宅，满院体面的仆人，身上滑爽的绸缎，饭桌上精美的菜肴，还有，一碗碗干净软糯的白米饭。睁眼再瞧当下，简直判若天渊。胡家小少爷不知如何是好，只恨不能铁了心撞向屋里的水缸，死了罢了，死了罢了。

偏在这时，那丑妇又带了泥孩儿一样的小东西进来睡觉，少君再也不要什么风度，怒不可遏地把他们赶了出去。妇人与孩子一直在屋外啼哭，直到老妇来牵他们去了别屋。到了第二日，有位五十上下的老者忽推门进来，也不多招呼，径直坐在炕沿上。少君仍不能接受坠崖后发生的一切，对来人爱搭不理。来人却不停口地说了起来，自我介绍道：“我是你李哥啊，田大！我跟你是老伙计了。”

胡少君闷声应道：“别跟我攀交情。我不是田大。”

“唉，从昨天到今天，乡里人都说你醒过来后跟换了个人似的，性情大变，我不亲眼来看看，还真不敢相信。”

“我性情没变。我根本就不是你说的田大。”胡少君没好气地说着，

老李叹了一声，严肃起来：“不是田大，你咋住田大的房呢？”

胡少君被他这么一问，一时语塞。老李语气软下来：“兄弟啊，不管你认不认，你李哥过来，不为别的，只说几句掏心窝子的话。你说你，这样把老母妻小赶出去，把她们当仇人，那可真不行。咱们这地方，乡亲们容不下不孝不义的人。以后你但凡要在这乡里过生活，不善待亲娘，不养活妻儿，街坊邻居都会看不起你的，更没人跟你相帮。你瞅瞅眼前，家里这么穷，不把日子好好过下去，你对得起老天爷吗？你毕竟是死而复生。”

少君本也不是冥顽不灵的人，听老李说得真切，他也严肃起来，指着自己，说道：“老人家，你真是好心。可我真的不是田大，我本不长这样，你听听我的声音，肯定跟你说的田大不一样。我本姓胡，是胡——”

“诶，你不用跟我讲那些。”老李忽然摆摆手，一副什么都已知晓的样子，“你的口音确实对不上。我来时也猜到了，你大概就是借尸还魂。”

少君总算遇到个明白的，热泪涌上来。“原来你知道我不是田大，那就帮帮我吧。我如今困在这陌生男人的身子里，以后可怎么办啊？”

“能怎么办呢？我道你不是田大，可你也只能是田大了。”老李盘腿坐在炕上，从容劝道，“现在田大的魂已经没了，你的身子肯定也死透了。你除了做田大，剩下就是一死。诶，你愿意把捡回来的命再还给阎王吗？”

胡少君下意识地摇头。他知道老李说得都对，可就是不能甘心以这模样，以这农夫的身份活下去。

“要我说啊。你既然做了这个人，就得办这个人该办的事。别老想着过去那些好日子了。”老李叹了口气，“好比大老爷从高位上落下来了，现在变成个跑堂的，怎么，这跑堂的活儿就不能好好做了？非要整天想着当大老爷时，吃香喝辣逛窑子的好时候？”

老李话虽说得糙了点，可少君心里也明白，理是对的。他终于打起精神，坐正，面向老李，诚心求道：“老人家说得是，可我以后到底该怎么办呢？”

“你只要想通了，事也简单。你就把田大的娘亲当自己娘亲，把田大的孩子当自己孩子，养大成人。从明儿起，你好好寻个营生，担起这一家之主的担子，把我兄弟的后半辈子给他活完、活漂亮。”老李说着动了情，不禁思念起过去的田大来。少君尽管只有十七岁，但毕竟读了些书，也通人事。他思忖片刻，知道再无他法，便决心硬着头皮去学做田大这个四十上下的养家男人。

“说起来，”胡少君羞愧了，“我过去只会读书写诗，别的营生一概不会，要怎么做才能养活这一大家人呢？”

“不碍事。你会读书，咱们就帮你宣扬宣扬，到时办个学堂，教教乡里的小孩子，也能赚不少哩。”

少君听了这话，心中有了底，于是下炕作揖，向老李真诚道谢。老李欣慰，出门后便走街串巷地宣传，说过去不识字的田大，大病痊愈之后竟能舞文弄墨，简直就是文曲星下凡了。四里八乡的人听说了这咄咄怪事，纷纷来到田大的破屋，都想验验真假。谁也没想到，过去的农夫田大，如今竟出口成章，还能引经据典，与众刁难者对答如流。乡人们都表示服气，田大实为才子的名声很快就传了出去。大家争相把孩子送到田大家里读书，甚至有乡绅主动为田大出资，盖起了一座学堂。

有了学堂，少君终于感到一点心安，他努力说服自己要用田大这个身份，这具中年肉体，过好以后的人生。可实际上，他依然很难与田大的家人共处一室。少君终日在学堂里教书，很是繁忙，干脆借宿在附近古庙，从此再不回家，只按月把钱财交给田大的丑妇。婆媳二人因此过上了吃饱穿暖的生活，尽管她们还是无法与田大自如地说上话，但生活所需已经满足，她们便也不再要求什么。

此后不久，少君因留恋科场，便以田大之名赴试，入学成为一名诸生。重新回到儿时就规划好了的以读书入仕的人生轨道，胡少君不能不想到他的父亲，并日益思念起父母和两位兄长。听说有人要到蜀地去，少君便托此人给胡父带去一封信，信中将自己借尸还魂的经历仔细禀明。胡家父母收到此信大为惊异，他们将信将疑地寄了旅资给少君，希望他速到蜀地相认。

少君得此消息，心中升起希望，得到旅资更是感动非常。当晚他就收拾行李，先回到历县与田家妇孺告别，并留下一笔可观的钱财。临入川以前，老李坚持要为少君送行，席间一再劝道，那地方不去也罢，不去也罢。少君只以为老李仍眷恋他的兄弟，只想要他留下，来担田大养家的责任，不禁责怪老李竟从不为他胡少君着想，心中小生不快。

历经种种艰难险阻，胡少君终于来到日思夜念的蜀地。他骑着马狂奔，像是又回到了那个十七岁翩翩少年的身体里，只觉身心爽逸，仿若重归故里。他当然不知道，那年自己失足摔死时，从小便嫉恨他独获父母专宠的两位兄长心中虽有伤悲，但更多的则是窃喜。

哐哐哐，敲响胡府大门，少君想象自己会看到父母兄弟喜极而泣的脸，可门开以后，亲人狐疑的目光接连打在脸上，先是母亲，然后是两位兄长，最后是父亲，他们中没有一个人相信门外这其貌不扬的粗鄙男子就是当年风姿卓然的胡家小儿。没等少君踏进门，兄长们便叱责他冒称亡弟，简直可恶。他们像赶乞丐一样，把田大的身子和少君的魂魄一齐骂到街上。胡少君哭着去拜母亲，母亲决然不认，去拜父亲，父亲眼里都是怀疑。少君只好当街历数儿时与兄长玩闹之事，还道出不少只有父母和自己才知晓的秘密，乞求与至亲相认，可胡府上下还是不容，最后，咣的一声，他们紧紧关上了门。

少君此刻终于明白了老李的心意。他摸着墙，静立着，不知自己是该回山东继续做田大，还是该留下，做胡少君，或某少君？正感人生大恓惶，胡宅后巷有一人快步走来，少君一看，竟是父亲。

“接着吧。”胡父不看他，只递给他一个极重的箱子，“里面有千金，找个好地方，以后你，你就自己过吧。”胡父说完便转身离去。少君跪拜，想朝那背影喊一声爹，却怎么都喊不出来，只化作一声长哭。

哭过以后，少君昂着田大的脑袋，抱紧他的金子，拂袖而去。

一念解脱

杭州长庆寺有一位讲禅的静缘和尚，他讲的佛理故事，很受僧众和香客喜欢。在清人梁恭辰所著的《北东园笔录》中，有一则与静缘相关的鬼事，据说是静缘和尚本人亲历，也是因为这件事，他才决意剃度出家的。

静缘出身于金陵城寻常人家，未出家时曾在城外山里行走。某日，因贪看一时春色，静缘不觉间走入山中密林，不慎迷路。日头落下去后，山里黑得伸手不见五指。静缘摸索前行，借着一点微弱的月光，总算看到不远处有一间屋舍，走近一瞧，是一间半塌的破庙。静缘走入庙中，只见庙里遍布绿幽幽的苔藓，庙正中倒着一尊无头佛像，静缘心中骇然，但仍庆幸这深山密林里，尚有片瓦，勉强可度过一宿。

恓恓惶惶躺到半夜，本来也没睡熟的静缘，忽然听到屋外有人声。静缘忙起身望向门外，只见一个黑影走近，入了屋仔细一看，是个年纪不大的小僧。静缘想来人也许是庙里的小师父，正要为自己的冒昧投宿表示歉意，那和尚却盯着他，兀自说起话来。

说实在的，静缘听不清这僧人在说什么，他只是不由自主地看着和尚的眼睛，神思迷糊，心下惊惧。静缘想张口呼喊，可怎么也喊不出声音。紧接着，他忽然感到百脉倒流，肌肤寸裂，好像有谁绞碎了他的皮肉。静缘闷闷喊不出声，只觉浑身剧痛，肠胃里似有烈火，直烧到他的喉咙。在痛与迷惘之间，静缘有了一丝清醒，知道自己定是遇上鬼了，今夜必死。可肉身的痛苦忽然减轻，体内的灼烧感也轻了不少，静缘只感到呼吸困难，几乎窒息。他看窗，月光明亮，直射眼前。静缘这才瞧明白，原来自己腰上的丝带不知何时已拧成绞索，悬于窗棂，而他的脑袋就挂在这绞索之中。

静缘拼力喊出了声，只见刚才入庙的那个僧人忽然冲上来，为他解开绞索，把他平放在又湿又滑腻的地上。静缘大口呼吸，咳嗽，抓到地上的青苔，逐渐缓了过来。他扯着脖子上的丝带，瞧着那细弱的小僧："我和你无冤无仇，身上也没钱财，你何苦要谋害我？"

小僧轻飘飘地落在地上，不再直视静缘，只道："佛家无诳语，我不瞒施主。我过去就是在那个窗棂子上吊死的，我其实是个缢鬼。"

"那你这是，要，要找我做替代？"静缘试着直起身子，仍感胸口闷痛。

"正是。"小僧低头，叹气，"我本打算如此，可看着施主投缳自尽，我忽然想起当初自缢时的万般苦楚，一念不忍，只好再救你下来。"

小僧说到此处，顿了一下，正身作揖道："施主，还请原谅我的唐突吧。"

静缘听了这话，正不知如何反应，却见眼前僧人已化作一团雾影，倏忽消失不见。静缘定了定神，赶紧脱掉脖子上汗津津的丝带，起身左看右看，生怕那僧人改了主意又再回来。一想到刚才自缢时的痛苦，静缘后怕不已，便朝庙中佛像拜了又拜，稍觉心安，却忽地又听到僧人的声音从地底冒出。

"因我刚才害你，一念恻隐，又救下你，护法神伽蓝已许我解脱。我既因你解脱，便不忍看施主于浮尘俗世中继续挣扎。我知施主前世罪孽深重，若能从今起忏悔，将来必不会堕入恶道。"

静缘听此一言，心中忽然通彻，还要再问，那僧人却道："今夜只管好好睡上一觉。静缘，你无须再多虑了。"

这一刻的静缘还不知僧人喊出的，正是他日后的法号。但他着实感到心安，平静入睡。第二日晨起，静缘念着解脱二字，径直前往报恩寺，剃发为僧。

一缕相思

青莲山秀丽，丛丛峰峦，像是莲的花瓣，随四季变化，或微拢，或层层展开。到了春天，山林里的绿便由溪涧流出，引得士人纷纷寻水路踏访，于山中怡然徘徊，形貌风流的刘敏便是这些士人中的一个。这日已是暮春，刘敏走在青莲山中，明显感到天气闷热起来。正感慨着天热后，怕见不到春日这般油绿可爱的美景，忽觉脚下踩到什么东西，刘敏抬脚一看，竟是一支温润的玉钗。

刘敏走得倦了，干脆躺卧在水边一块平石上，细细端详这支花蝶纹雕镂而成的玉钗，看着看着，不禁心思飘远，闭眼冥想起钗主人的样貌。睁开眼瞥向身侧静潭，却见水中映着一个女子妙丽的身影，偎依在他的倒影上。刘敏心中一惊，回头去看，身后却什么人都没有。他重又看向水中，一阵微风袭来，吹碎了水面上的白日光，水波晃荡间，那女子的影也消失不见了。

刘敏觉得惊奇，又感到遗憾。他握着那支玉钗回到家中，正唏嘘再也见不到水中女子，不经意却在自家镜中看到她的身影。女子与在水中时不同，她看着他，眉目里有一番情意，让刘敏瞧着欣悦不已。他从袖中掏出玉钗，问道：“姑娘，此物可是你的？”

镜中女子看着玉钗，摇头微笑，朝后退了退，身上的玉饰轻轻碰着，清脆有声。

怎会不是呢？刘敏大感困惑，见女子准备转身离开，一时情急，说了几句亲密的挽留话，不想女子面容一红，赧然于镜中消隐。刘敏忙把镜子翻过来，镜背完整如常，雕饰着繁密的花纹。刘敏又翻回镜的正面，低头长叹，忽听空中有女子吃吃的笑声，轻声说着“左，左，右，右”。

刘敏彷徨四顾，神志迷乱，只觉耳畔有风声，箫声，女子的笑声，婉转交叠，清妙非常。“刘郎若是真心待我，只要把玉钗供起来，焚沉水香，再朝镜中看便是。”

话音落去，四下无声。回过神来的刘敏急忙外出，走街串巷，备齐供桌、香炉和沉水香，照镜中女子所嘱咐的那样，供好玉钗，点燃香粉。一时间香气馥郁，刘敏朝镜中一看，果然见女子羞赧地立于镜中，朱唇皓齿，与他絮絮说起话来。刘敏见女子妙语连珠，心生珍爱之意，两人越说越到心底处。女子与他聊的虽然都是极琐屑的事情，刘敏却仿佛在空山忽遇灵雨，只觉心里生着光华，一日不见镜中女子，人生便也黯然无光了。接连数月，刘敏不顾别的，只托腮于镜前，见自己的面目衬着女子笑影，不禁想入非非，说起亲密的话来。镜中女子起先羞怯不应，后来也难耐心中爱意，与刘敏亲昵起来。于是每日一两时的会面，两人都不由自主地延至半日，甚至一整天。女子在镜中不忍离去，男子只恨不能身入镜中，与此女日夜厮守。

长此以往，每日对着镜子自言自语的刘敏引起了刘家人的忧虑。他的父亲怀疑儿子每日举的是一枚妖镜，终于不能忍，夺过镜子，铿一声摔在地上。镜碎，刘敏大惊，痛苦喊道：“不要摔伤了我的丽人！”

刘家人听了这话都一脸惶惑，只见刘敏慌忙找来其他镜子，对镜注视，面色由紧张阴沉转为释然与欣喜，竟对着镜子说道："还好你没事。"

刘父这下更加确信，儿子一定是招了邪祟，他立刻命仆人把家里所有的镜子都藏起来。失了镜子的刘敏萎靡不振，如丧魂魄。家人常见其于院中游荡，无论怎么劝说，刘敏只喃喃自语，无视父母亲友，只想着他的镜中丽人。偶然一天，他伏在桌上迷思，昏昏然不知人间日月，良久起身，却见桌上多出一枝粉白相间的芍药，刚把芍药拿在手上，就听到耳畔似有娓娓箫声，似有清泉潺潺。

"刘郎可知道它的花名么？"

刘敏听到镜中人的声音再度响起，点着头，念着"将离"，掉下眼泪。

"还请刘郎到西圃池上来吧，今日，将与君别。"

话音落了，不再响起。刘敏心下明白，此是永诀，于是栖惶地推开门，前往西圃池上。一路行着，刘敏惊觉草木青青，俨然又是一个春天，可刘敏此刻只觉春寒料峭，如在严冬。站在池边，刘敏朝冰凉的水里看，瞧着一个熟悉的身影在水中渐渐清晰。她的脸上是挂着眼泪的，刘敏痛心，脚踩着池水，只想追随而去。水中女子却喝住了他，哀婉地说道："你的心意我是知道的。水流云散，就此别过吧。"

说完这话，女子竟决然消隐，水面上只留下刘敏枯槁的身影，他痛哭着，眼泪啪啪掉入池中。

此后，刘敏再未于任何镜中、水中见过心爱之人的身影。他心痛如绞，不吃不喝，终于病倒在床。他的耳畔除了亲人的劝告与哀号，便是巫医的咒语，或无边的寂静。

一日，忽有一位道士登门拜访，自称知晓刘公子隐疾。刘父赶紧把道士让到儿子屋里，求道士一定要救下儿子的性命。道士走到床边，弯腰与刘敏耳语道："当年在青莲山拾的玉钗，刘公子放到哪里去了？"

仿若在空谷里听到轰然的回音，刘敏睁开眼睛，吃惊地看着眼前的道士："道长，你怎么会知道玉钗的事？"

道士不答，只笑，他扶起刘敏的脑袋，从袖管中取出一粒绛色丹药，塞到刘敏口中。"若想知道事情的来去，你得先服了这丹药。"

刘敏因太久未进食，喉管干涩，却还是拼力吞咽。丹药刚一下肚，他脸上的神采便回来了，身上的力气也有了，似乎从没害过病。道士抚着胡须，请满屋子的亲友暂且离开。然后他关上门，回过身来，招呼刘敏来到桌前，坐下说话。

刚刚听道士提及自己与心爱之人结缘的玉钗，刘敏便已找回一半的魂魄。他坐下便问："道长说到玉钗，一定了解我的相思之苦，可否坦言告知，那位水中女子的去处？"

"诶——"道长摆着他的袖，安抚道，"刘公子你连那女子姓甚名谁都不知道，为何用情如此之深呐？"

刘敏摇头，微笑，脑海中浮现的是两人说过的闹笑话语和一些无关紧要的小事。"我实在不知为何，只觉此生来一遭，好像只为能和她对坐说说话。"刘敏说罢，从胸口内衣衫中摸出那支玉钗，递给道长。"我猜玉钗一定是她的，可不知为何，问她时，她又要否认。"

"这是自然。"道士举起玉钗，解释道，"玉钗的主人叫影娘，而你见到的女子，则是影娘寄托在此物上的一缕相思。若说她是影娘，影娘实已形神俱灭；若说她不是影娘，她又与影娘有着一样的形貌，全由影娘对刘公子的相思所化。"

"可我此生从未见过你说的影娘。"刘敏困惑，"何来影娘对我的相思呢？"

"一切还要从你二人前世的业缘说起。"道长把玉钗递还给刘敏，"刘公子前世是入了州府的生员，一日走过邻家，偏巧，待嫁闺中的影娘正站在窗前理鬓角，不小心碰掉了玉钗，正好落到窗下，落在你的脚边。

你拾起玉钗，朝窗里一看，瞧见一位小姐的身影闪过，你站了站，见无人来要，便把这玉钗拾去珍藏。可你并不知道，那影娘一直躲在窗后，偷偷望着你。唉，一面之缘，竟心生无尽的爱慕。可怜她女儿家不知你是何人，就算知道了，也无法将相思之情告诉你，更不敢告知父母家人，久而久之，便郁结于胸，每日只把思念寄托在她丢失的那支玉钗上。终于有一天影娘的身体吃不消这相思苦楚，年纪很轻，便撒手人寰了。”

“唉。影娘实在是个痴情人。”刘敏捏着玉钗，感到痛惜。

“贫道听说此事，也是这么感慨的。最让贫道感到惊奇的是，影娘魂断入土之时，她那份相思却丝毫没有消散，反化作虚影，留在人间，一心只想着要实现这份感情。你道这虚影女子飘零人世，实在是好不容易，才寻到那支玉钗，又是一番辗转与等待，直到今世才找到你。当你在青莲山拾到玉钗的时候，于你是极轻盈的偶得，于影娘则是两世不懈的追寻。你二人今日情深至此，亦是当然。”

“可为何，”刘敏想到池上一别，仍觉心痛，“既然寻到我，为何又要与我轻易分离？”

“你是人，她是影。一个肉体凡胎，一个情感所化，难道还能拜堂成亲么？”道士起身，踱步，正色道，“那女子知道不能与你相合，又怕与你处久了，害你失了人形，殒了性命，这才跑来求我。可你这男子，竟一心只想着死，全不知那痴情女子为实现这段感情，做过多少努力。”

“道长所言极是。”刘敏又是疼惜，又是惭愧，掉下思念的泪来，“该如何做，还请道长告诉我吧。”

“罢，罢。”道士叹口气，从袖中取出一枚拇指大小，如肌肤般粉莹的小瓶，放入刘敏手中。“三日后，你带此瓶到青莲山去，找到一株枝头上有千百翠鸟的梅花树，待翠鸟群起飞离之时，你朝西举起瓶子，大喊三声‘来来来’，便可看到你日思夜想的人了。”

说完这话，门忽然洞开，道士拂袖而去，倏忽没了踪影。三日后，刘敏梳洗打扮，晨起便奔入青莲山，山中又到春末时候，处处热闹可爱。他站在满树翠鸟的梅花枝下，待群鸟腾飞时，举瓶呼喊，便看到一缕紫烟轻盈而来，飞入瓶中。瓶中响起一个刘敏再熟悉不过的声音：“是我，是我来了。”

刘敏大喜，一路紧抱着瓶子赶回家中，放屋内片刻，瓶忽然变大，瓶口上抵屋梁，瓶底压碎地砖，瓶身扩至门窗墙壁，瓶肚透明，内竟有一间小屋。刘敏看到，那位水里的、镜里的，由影娘相思所化的有情人，款款、缓缓，由瓶中迈出，肉体凡身，亭亭立在刘敏面前。刘敏揽女子入怀，心中千言万语，因二人累世的相思而又一时无言，只泪眼相对。这时屋中巨瓶，忽又缩至拇指大小，那位神通道人不知何时已站在两人身后，把小瓶再次放入袖中，嗔怪道：“你二人只顾谈情，几乎把我的宝贝瓶儿压坏。”

两人忙向道人作揖致歉，还要重重酬谢，道人却已杳然无踪。刘敏这才得知，这位道士正是传说中与唐明皇同游月宫的申元之。

拜过父母，刘敏从袖中掏出玉钗，轻轻插在意中人的发髻上。

“唤你什么好呢？”刘敏问道。

“影娘。”女子为早逝的影娘落下泪来。

关中狐

在古来的志怪故事中，也许没有哪一种动物能像狐狸那样，承载民间那么多期待与想象。当我们论及狐狸，故事里免不了要牵扯些暧昧的情仇，但在清人俞蛟的《梦厂杂著》中，他笔下的这只狐狸别有一番磊落，并与直隶通州民袁在田结下了宿世的友谊。

袁在田为人朴直，待人诚恳，从不行苟且之事，乡民们都说他有着善人的眼目。因父亲早亡，袁在田家境清寒，上有老母，在家用儿子折来的柳枝，编筐、编篚，售与乡民以度日。每日清晨，袁在田就背着老母亲编制的各样筐篓，叫卖于齐化门下。直等到把这日的货物全部卖出去了，他才轻装回家，与母亲一道吃夜饭，也说起这日在外头的见闻。母子俩勤苦且安命，日子虽过得清寒，倒也算舒心。

这一天，袁在田同往常一样，背着筐篓出门，走街串巷叫卖，生意却异常难做，少有人上前问价，更没有果断购买的。到了正午，青色筐篓仍一个个排在袁在田的肩上，从远处看去，细瘦的他夹在那些镂空的器物之间，倒像是只低飞的展翅蜻蜓。饿得受不了了，袁在田便解下一个柳筐，换来一块炊饼，在树下吃了起来。

正咬着，一个身着褐色长衫的男子打袁在田眼前走过，回顾，又折回来，似有话说。袁在田觉得奇怪，便主动邀这男子同坐，问他是何人。男子说他姓王名璞，本是关中人，这一向在京城索债，已经三年了。袁在田还要再问，王璞却回问起他的家世。从家有几口人，到袁在田做什么营生，再到具体住处，有无田地，甚至袁家母子的日常起居，王璞竟一连串问个不停。待袁在田一一答过，日头已经快落下去了。虽然聊得尽兴，但袁在田也为今日生意的惨淡犯愁，说话间就要起身继续去街巷叫卖，王璞却拽住他的袖子，再三挽留好继续聊下去。袁在田难却盛情，又有些懊恼。

“我家里穷，母亲老迈体弱，每日全仗着这点卖篓子的钱过活哩。”袁在田把筐篓一股脑甩在肩上，“王兄看得起我，要跟我相交，可如此坐着聊下去，恐怕要荒废了我的营生。我赚不上钱，老母是会饿死的。”

“看来，你果然是个孝子。”王璞这时也起身，道，“正好我今天要投宿在通州东门一朋友家，与你同路。等你卖完货回来，咱们一道走吧。”

袁在田点点头答应了。等齐化门升起灯笼的时候，卖出大半筐篓的袁在田步态轻盈，回到树下，看到关中人王璞果然还等在那里。

“好像也没过多会儿。”王璞起身相迎，“你倒是卖出去不少啊。”

袁在田憨憨一笑，为今日赚到了买米的钱感到高兴。两人有说有笑的，这就一道朝通州东门走去。路上，轻松起来的袁在田对关中来的王璞有了更多了解，他钦佩王璞的为人和风姿，两人相谈甚欢。到了袁在田家门处，他们都对彼此隐隐生出了友爱和不舍的情感。袁在田于是盛情邀请王璞到家中小坐，尽管酒不是精酿，米也是糙米，两人却吃得很是尽兴。席间，王璞于酒醉时问道：“兄弟我若有万金，想低价囤些好货，日后高价卖出，你说，倒是囤哪样东西好呢？”

“通州这地方，最好的生意就是木材生意。”袁在田饮尽杯中白酒，颇有信心地说道，“每年各地都有船向京城运送货物，上面的木材要价很低。王兄可低价买入，再高价卖出，利润可翻数倍。”

“好，好。”王璞边点头边笑，直道是门好生意，“你明天哪都不要去，我把本钱都运到你这里，咱们一道做，赔了不算你的，赚了同享，如何？”

袁在田虽然半醉，听到这话还是大呼不可，他半生穷苦，从没妄想过这么大宗的买卖。但王璞执意邀袁在田入伙，他要在通州开个木材商铺。“我看你是有福相的人，以后注定是穿华衣美服、吃山珍海味的。我与你一道做生意，是沾你的福气。”

见王璞这样有诚意，袁在田酒意上头，想想自己也是勤劳肯干的，没道理不试一试，没道理不能希冀更好的日子，便豪壮地点头，应承了下来。

送走王璞，袁在田回到院里，酒醒大半。他把王璞邀他一道做木材生意的原话告诉母亲，希望母亲能给他出出主意。袁母一面麻利地折着柳条，一面严肃地叹了口气。“我们生来就穷，你却要去做富贵梦。儿啊，你这样，鬼神都要笑话咱们哩。”

袁在田听了脸有微红，他刚要张口辩解，却见母亲干脆停下手上的活儿，定睛看着他。“你那个朋友，我看也不是有钱人家的公子。赚下这笔本钱应该也很不容易，他怎么会跟你这样的卖货郎做那么大笔的木材生意呢？人家或许只是随口说说。”母亲把半成品的柳筐塞到儿子怀里，“要是听信了别人的妄言，你就荒废一整天，不到外面叫卖去了，街坊邻居知道以后，不知要怎么说我们母子啊！”

袁在田摩挲着刺毛的柳条，觉得母亲批评得是，可还是有些委屈，不服气了。

“母亲说得都对，可我已经答应王兄了。”袁在田背过身去，默默编起筐来，良久，又道，“咱们还多余一日口粮，明天耽搁一天，也不要紧的。”

母亲听了这话，也不再说了，只在儿子身后频频叹着气。到了第二日，母子俩在家足等了一天，直到熄灯要睡了，依然不见关中客王璞的踪影。袁在田心中寂寂，母亲倒也没多说什么，只劝慰儿子早睡，第二日照样去卖柳筐就是了。

袁在田感激母亲没有再多责备，断了求富贵的心思，合上眼睛。可刚躺下不久，就听到院外有马的嘶鸣和人的脚步声，接着便有人哐哐敲门，那声音又急又响亮。袁在田急忙披了衣裳前去开门，只见王璞着一身炫丽的袍子骑在马上，身后两个仆人担着极重的箱子，双腿发抖，看上去难以支撑。袁在田赶忙把这一行人让进屋里，王璞登门拜见袁在田的高堂老母，毕恭毕敬，这让袁母惊异，也感到十分受用。

这以后，王璞与袁在田便以表兄弟相称，在通州合开了一家木材商铺。王璞出资，袁在田出力，袁母也常在店里尽心帮衬。三年后，这家商铺凭了王袁二人的眼光、魄力和勤苦，竟赚下十余万金。二人一时成为通州巨商，在京城都有了些名气。

这一日，两人于袁在田新置的宅院里对饮。冬雪落在院内，刚积下薄薄一层，两人已喝到酣处，说起从前在齐化门偶遇之事，袁在田颇为感慨。王璞也轻轻点着脑袋，喝酒，眼里起了变化。雪下得更大的时候，王璞忽举杯，道：“弟弟啊，我说我是关中人，你竟信到今天。”

“王兄从不诓我，为何不信？”袁在田笑着喝酒，望窗外雪落。

“可我不是人，是关中一野狐。”

袁在田的目光刹那由雪景收回，他惊异地看向王璞。王璞饮尽杯中黄酒，自顾自说道：“我本是仇池山中的狐狸，经五百年修炼，才化为人形。我出山倒不为别的，只觉得造化不能补的地方，就该由我想办法。我立志要让行善的得福报，让作恶的得恶报，让你这样心善安分的穷苦人，免于世代贫穷。如今我出山也有一百多年了，走遍齐鲁燕赵之地，得我补助，被我惩戒的，不知有多少。到今日，我在人间的功德修行已满，这就要重归深山，再入密林。弟弟，我这一去，便再也不踏入俗尘。与你，也就是永别了。”

袁在田一直静静地听着，这时终于不忍，落下泪来。王璞为袁在田斟酒，劝慰似的拍拍他的手臂。袁在田用衣袖拭泪，哽咽着说道：“没有哥哥，我哪有今日。我本想着就这样与你一起做生意，做一对白头老友，同享富贵安乐，岂不快活。哥哥今日却突然说要永诀，我可怎么受得了……”

王璞听了也觉心酸，只好劝道：“你也不要太伤怀。临别前，我还有一事相求。”

“哥哥尽管说。”

“你看我虽是狐狸，但四肢、五官均与人相同，唯有一狐尾，我是无论怎么修炼，也去不掉的。我在人间百余年，一直在寻一个真情意的朋友，为我断尾。”

“啊。”袁在田一声轻呼，“兄的恩情我还不知怎么报答，怎么能白刃相向，伤你身体？”

“不妨，这是于我有益的事情，你只管挥刀。”

“就算是这样，我也不忍心啊。”袁在田走到院中，在雪地里又是一番哀恸的悲泣。两人各自伤怀，这夜的酒便没能再喝下去。

到了第二日正午，王璞身着一身棕色素袍，引袁在田来到后屋，坦荡荡露出一条毛色油亮的狐尾。袁在田手握一柄刀，看见这蓬松摆动的尾，想到数年来二人交往的种种情谊，一起渡过的道道难关。他知道只要一刀砍下去，便再也看不到王兄，于是涕泗横流，手抖得似乎连刀也拿不动了。王璞回过身来，嘱咐袁在田挥刀之后，要把他的狐尾藏在干净的屋舍里。

“以后家里若有什么意外之祸，便对着狐尾焚香祷祝，用火炙烤尾断的地方，灾祸便能立刻化解。如此，我也能与你袁家世代相守。现在正是吉时，弟弟，再不挥刀，便晚了。”

袁在田尽管不忍，却也知道这断尾之事于王兄的意义，这便痛下决心，左手掩面，右手举刀，利落地一挥。刀几乎落在地上，袁在田睁眼一看，只见一截漂亮的狐尾留在案上，而关中狐王璞已杳无踪迹。袁在田心知挚友已去，边恸哭，边用细绢布把狐尾裹了起来，放入精心置备的木柜中。逢初一十五，袁在田必亲自焚香，并在柜前摆放酒食，独自与王璞的断尾说上好一会儿话。

后来，袁在田的母亲过世，他悲痛欲绝，还未及为母亲办丧事，邻家突然起火。火势熊熊，就要越过院墙烧到他的房子。袁在田想到王璞的嘱咐，急忙从木柜中取出断尾，照王兄所说，焚香祝祷，并用火炙尾断之处。于是疾风忽来，风向一转，火势便消退下去，袁宅平安无恙。这以后，凡家里遇到大灾，袁家后人便去拜关中狐留下的断尾，就连袁在田长子被仇家构陷，几乎殒命，都能通过向狐尾祷告而幸免于难。三代以后，一直被袁家细心保管的狐尾却不知为何，于柜中不翼而飞。一代巨富袁在田创下的家业也就从此败落下去。

这以后，通州那些知晓“狐尾袁家”灵异事的老人们也相继亡故，再没有人知晓关中狐狸，并说起王璞与袁在田两人的情谊。所幸清人俞蛟记下了这则动人的断尾故事，以飨后世读者诸君。